Linda Lou Paget

L'ART DE FAIRE L'AMOUR À UNE FEMME

•MARABOUT•

À mon père, Kenneth Kane Paget,
le premier homme que j'ai aimé de tout mon cœur.

À tous les participants de mes séminaires.
Ils ont donné une âme et une orientation à cet ouvrage.

À tous ceux qui m'ont priée d'écrire ce traité.
Sans vous, il n'aurait pas vu le jour.

Ce livre a été publié sous le titre *How to Give Her Absolute Pleasure* par Broadway Books, New York, 2000.

Traduit de l'américain par Bénédicte Mayol.

Sommaire

1

LE KAMA-LOUTRA

C'est vous, messieurs, qui l'avez voulu

Je me souviens de ce dîner, un soir de mai 1997. La maîtresse de maison me plaça à côté d'un monsieur d'une quarantaine d'années. Producteur de télévision. « Et vous ? » « Moi ? » Je marquai un temps d'arrêt. Comment présenter les choses sans choquer… « J'anime des séminaires de pratique sexuelle pour les femmes. » « Et les hommes ? s'est-il exclamé. Vous avez pensé aux hommes ? Nous en aurions bien besoin ! »

J'ai alors pris conscience d'une évidence : les hommes se sentent complexés ou limités dans leurs initiatives par leurs lacunes sur le sujet. « Je suis un homme, donc je suis censé être un expert en matière d'érotisme », pensent-ils. Cette science infuse leur serait révélée à la puberté.

J'ai réfléchi à la question. Ils ont raison. La société – et souvent les femmes – leur attribuent un savoir érotique infini. Tragique malentendu : ce postulat est faux, et injuste. Pourquoi les hommes auraient-ils seuls cette responsabilité ?

Il existe une solution simple à ce problème : sentez-vous libres, messieurs, de vous informer. Et pensez que chaque femme est unique : elle exige un traitement particulier. Adressez-vous à elle pour découvrir ses particularités. Une vie sexuelle réussie sera autant votre œuvre que la sienne. Partagez cette responsabilité avec votre amante. Les deux partenaires devraient s'attacher à découvrir ce qui plaît à l'autre – et acquérir ainsi la capacité de le satisfaire. De cette façon, n'importe quel homme peut devenir un amant exceptionnel.

Je suis curieuse des choses sexuelles depuis mon adolescence. J'aurai cependant mis vingt ans à acquérir les connaissances et l'assurance nécessaires à l'exercice de ce métier. Dans ma jeunesse, il paraissait impossible d'être à la fois une fille bien et une experte au lit. Ma curiosité est d'abord demeurée frustrée : il n'existait aucune source d'informations fiable et sûre. Mes amies n'avaient qu'une connaissance limitée de la question. Multiplier les aventures n'était pas un choix raisonnable, ni respectable. J'ai feuilleté des magazines pornographiques, vu des films du même genre, lu divers ouvrages sur le sujet. Aucune de ces sources ne m'a apporté ce que je cherchais : des informations, complètes, précises sur le sexe. J'ai entrepris d'interroger mes amies à propos de leurs expériences sexuelles, j'ai parlé des miennes. J'ai découvert ce qui donne des résultats, ce qui excite les hommes, et ce qui leur plaît moins. Rien de tel que l'expérience pour se faire une opinion sur le sujet.

Je suis devenue une spécialiste en matière d'érotisme. Il me semblait essentiel que les femmes disposent d'informations sérieuses sur le sexe. J'ai engrangé divers récits et une foule de détails que m'ont livrés des centaines de femmes. J'ai ensuite présenté ces informations à de petits groupes de participantes, qui à leur tour m'ont fait part de leurs connaissances et de leur vécu. C'est ainsi que sont nés les séminaires pour femmes.

Ces dames ont testé leur nouveau savoir avec leur partenaire, qu'il soit mari ou amant : j'ai reçu maints appels et mille suggestions. Après quoi les hommes ont plaidé leur cause auprès de moi. « Ce que vous avez fait pour les femmes, faites-le pour nous ! » Aussi me suis-je penchée sur leur problème. Ces six dernières années, j'ai interviewé des milliers d'hommes et de femmes, auxquels j'ai fait part de mes connaissances dans le domaine sexuel, et de la meilleure façon de les mettre à profit. Ainsi les séminaires pour hommes ont-ils démarré. Ainsi ai-je écrit ce livre.

Ces séminaires s'adressent à des groupes de six à dix hommes, qui se présentent par leur prénom – jamais par leur nom ni leur profession. Ces messieurs prennent place autour d'une grande table ronde. Je leur distribue des « objets éducatifs », à savoir un moulage souple des organes génitaux féminins – ceux d'une star du porno. Je montre ensuite avec sobriété à ces participants ce qui plaît et ne plaît pas aux femmes lors d'une masturbation, d'un cunnilingus, d'une pénétration. Je leur explique ce qui amène une femme à jouir, je leur montre les divers accessoires qu'elles apprécient au lit. Ces informations sont fondées sur les données recueillies par mes enquêteurs sur le terrain.

Des hommes d'horizons divers participent à mes séminaires : artistes, athlètes, médecins, architectes, entrepreneurs de travaux publics, acteurs, producteurs… Chacun d'eux vient acquérir des connaissances dans le domaine sexuel, afin de mieux satisfaire sa partenaire. Un New-Yorkais a formulé ainsi son désir : « Faire l'amour me donne l'occasion d'exprimer ma virilité, au sens le plus prosaïque du terme. J'adore m'occuper de mon amante. Alors, si je peux apprendre à le faire différemment, avec de meilleurs résultats, je suis partant. » Un autre de mes clients, banquier à Seattle, déclare : « Ma femme et moi sommes mariés depuis dix ans. J'aimerais passer à la vitesse supérieure. » Un photographe de Palo Alto, en Californie, a présenté les choses ainsi : « S'il vous plaît, dites-moi ce qui marche ! »

SECRET D'ALCÔVE

On pourrait établir un parallèle entre les femmes et les terrains de golf. Vous avez fait le parcours cent fois ? Pourtant, votre premier coup n'atterrit jamais au même endroit. Il vous faut également adapter votre put à l'état du green – il sera plus sec ou plus mouillé que la dernière fois. Mais avant tout, le golf exige de la finesse. Comme le sexe. Ce sport ne se pratique pas comme le hockey, où « on tire, on marque » !

Ces requêtes sont sincères. Mes clients veulent des solutions éprouvées. Un agent immobilier de Philadelphie avoue, frustré : « J'aimerais savoir quoi faire pour élargir nos horizons. Nous avons une vie sexuelle épanouie, mais je voudrais innover. »

Ce livre a été écrit pour vous, messieurs. Comment aurais-je pu résister à l'appel de ces hommes, ces amants ou maris qui rêvent de donner plus de plaisir à la femme de leur vie ? Donc, messieurs : vous l'avez demandé, le voici.

Devenir un amant exceptionnel

Ces sept dernières années, j'ai animé des centaines de séminaires sur les pratiques sexuelles. J'ai ainsi beaucoup appris sur la sexualité des hommes et des femmes, ainsi que sur leur psychologie. J'ai écouté et observé des milliers d'hommes et de femmes, durant ces séances d'apprentissage. Ce qui marche, ce qui ne marche pas, ce qui leur manque : ils m'ont tout confié. Les informations que vous trouverez dans cet ouvrage découlent de ces confidences.

Je tiens à devenir votre conseillère privée, qui vous dévoilera les désirs cachés des femmes. J'ai donc réuni, pour son plaisir et pour le vôtre, les informations les plus fiables. Je propose des jeux à la fois simples et merveilleux. Une sexualité épanouie requiert des participants sensibles, doués et expérimentés. Considérez ce livre comme la bible de l'amant omniscient !

Je vous apprendrai à parfaire votre technique et à donner un plaisir inouï à votre partenaire. Je vous dirai tout, selon le point de vue des femmes, je ne vous épargnerai aucun détail. J'ai bon espoir, en tant que professeur, de vous amener sur le chemin du bonheur, du bonheur partagé.

Vous voulez devenir un amant formidable. Ce livre est la première étape dans cette recherche. Vous devrez acquérir les techniques éprouvées des don juan, mais encore vous montrer ouvert, audacieux et créatif…

Ce livre vous montrera de quelle façon la ravir. La femme de votre vie sera la première bénéficiaire des trésors d'informations que recèlent ces pages. Son plaisir décuplé centuplera le vôtre. Comme l'a dit un médecin de Seattle : « Pour moi, rien n'égale la satisfaction de m'être bien occupé d'elle. Faire l'amour, c'est cela. » Un autre homme a précisé : « Ce que je fais avec ma femme dans les moments intimes ne regarde personne. Pourtant, j'ai rougi de fierté quand elle m'a avoué que j'étais devenu l'amant idéal – selon ses amies ! »

Où trouver des informations fiables sur le sexe ? On m'a posé cette question un grand nombre de fois. Souvent, les hommes ont recours à la pornographie, à travers films et magazines. Ceci est problématique, pour plusieurs raisons. Les journaux et les revues pornographiques s'appuient, pour la plupart, sur le voyeurisme comme source d'excitation. Ce qui les rend peu réalistes. Enfin, ces films et ces magazines visent le consommateur masculin. Ils donnent une idée limitée, ou fausse, de ce qui plaît aux femmes.

Secret d'alcôve

Le rouge à lèvres, à l'origine, avait pour but de donner à la bouche l'aspect des petites lèvres en état d'excitation – rouges et gorgées de sang, ce qui, dans le règne animal, indique au mâle que la femelle est sexuellement prête.

Je n'ai rien contre les images qui stimulent les hommes sexuellement. En revanche, il n'est pas toujours opportun de réaliser ses fantasmes. Pour éveiller votre désir, il peut suffire de regarder des films ou de lire des histoires érotiques avec votre partenaire. L'un de mes clients et son amante adorent se lire les histoires érotiques de *Play Boy*. « Cela nous met dans l'ambiance », explique-t-il. Lorsque ces scénarios sont rejoués dans la chambre, nombre d'hommes et de femmes sont toutefois surpris, frustrés et, finalement déçus qu'ils ne donnent pas le résultat attendu.

Pensez que les hommes et les femmes qui jouent dans des films pornos respectent un scénario, que les scènes sont revues au montage. Bien souvent, ces « comédiens » sont doublés par des acteurs professionnels. De plus, les éclairages et la musique créent un environnement irréel. Prenons pour exemple ce classique : un homme fait l'amour avec deux femmes. Cette idée peut vous exciter – et plaire à votre partenaire. Réfléchissez cependant avant de réaliser ce fantasme. De vrais sentiments sont en jeu : le passage à l'acte risque de vous traumatiser, de saper la confiance que vous avez l'un en l'autre, voire de ruiner l'intimité existant entre vous et votre amante.

La pornographie amène les hommes à attendre certaines prestations de la part de leur partenaire. Or, celle-ci peut ne pas réussir, ou ne pas vouloir reproduire les exploits des stars féminines du porno. Je pense à la fréquence des fellations « profondes » et des sodomies dans ce genre de films. Ces scènes vous excitent, mais nombre de femmes ne sont pas des adeptes de la fellation profonde, préfèrent ne pas avaler le sperme et refusent de se faire sodomiser. Les femmes qui s'adonnent à de telles activités dans les films sont des professionnelles. Elles n'ont pas nécessairement un rapport amoureux avec leurs partenaires. D'après les confidences que j'ai recueillies, vingt à vingt-cinq pour cent des femmes avalent le sperme. Un grand nombre de dames essayent la sodomie au moins une fois, mais la plupart d'entre elles jugent cette pratique trop douloureuse pour être jouissive. Aussi, évitez de lui donner Linda Lovelace en exemple : cela risquerait de l'éloigner de vous.

Le groupe que forment entre eux les « mecs » constitue une source d'informations non négligeable. Dans les séminaires, les hommes me font part des bons conseils de leurs amis… Et ne tardent pas à comprendre que lesdits amis n'en savent pas plus qu'eux – ils feignent simplement de tout connaître. Les vantards sont généralement les moins bien informés. « Je me souviens de ce type, raconte un homme de mon entourage, qui se vantait devant ses copains d'avoir baisé sa fiancée huit fois dans l'après-midi. Nous savions tous que c'étaient des bobards, mais nous l'écoutions tout de même, au cas où ses exploits imaginaires rejailliraient sur nous. » Cela ne vous rappelle rien ?

SECRET D'ALCÔVE

Les femmes aiment la variété, mais n'attendent pas de vous des performances sexuelles. Ce ne sont pas des machines dotées d'interrupteur « allumée/éteinte ». Elles ne jouissent pas comme on le raconte dans les manuels de pratique sexuelle Espérons que ce livre fera exception à la règle !

Un autre de mes amis coupa court au récit de son neveu, durant un pique-nique en famille. Le gamin déclarait : « Je l'ai baisée dix fois, la nuit dernière ! » L'oncle lui répondit : « Ah oui ? Si c'était vrai, tu souffrirais le martyre aujourd'hui. » Le neveu s'empressa de changer de sujet.

En fait, la pornographie oublie la moitié de la population. Les producteurs de films pornographiques ont un objectif unique : faire de l'argent. Tant que les recettes ne souffriront du fait que le marché vise exclusivement les hommes, les éditeurs et producteurs continueront à nous imposer des fantasmes masculins. Pourquoi s'inquiéter de ce que désirent les femmes ? Cela dit, certains producteurs prennent le marché féminin en compte. « Femme Productions » notamment, une maison dirigée par Candida Royale.

Le sexe en tant que performance

Les films pornos ont la fâcheuse tendance de présenter le sexe comme une performance réalisée par des acteurs aux corps parfaits. Bien que certains d'entre vous n'aient rien à envier à ces « stars » du porno, les hommes les mieux faits se sentent infériorisés face à ces athlètes du sexe. Les médias infligent les mêmes humiliations aux femmes en utilisant des gamines prépubères dans les publicités.

Il n'est pas étonnant que les hommes associent le sexe à un examen de passage stressant. On vous demande de vous mesurer à des mâles superbes, à des bêtes à concours. Ne vous sentez pas minimisés. Une femme qui s'abandonne à ses sensations vous excite davantage qu'un corps de déesse ? Eh bien, l'inverse est vrai ! Les femmes n'attendent de vous ni prouesses ni records : elles ont simplement envie que vous preniez plaisir à être avec elles.

SECRET D'ALCÔVE

Dites toujours à une femme ce qui vous plaît, et non l'inverse. Insistez sur le positif et elle vous écoutera.

Soyez réellement présent, concentré sur « elle », et votre femme se sentira aimée. Elle libérera son énergie sexuelle. Un participant à mes séminaires me l'a avoué : « Ce qui donne les meilleurs résultats, c'est faire l'amour lentement, longuement. »

Communiquez !

On nous l'a assez répété : les hommes et les femmes n'ont pas la même manière de communiquer. Selon John Gray, le spécialiste en la matière, le sexe pour les hommes serait l'antichambre de l'amour – et inversement pour les dames. Il n'est donc pas étonnant que les deux sexes aient le sentiment de ne pas parler le même langage. Vous employez les mêmes mots que votre femme, mais leur donnez-vous le même sens ?

Je ne vous infligerai pas une longue étude psychologique. Cela dit, les garçons et les filles sont amenés, par l'éducation, la société, leurs hormones, à développer des images et des comportements différents. Aussi paraît-il logique qu'ils aient une façon propre de communiquer. Par conséquent, si l'homme et la femme veulent se comprendre, qu'il s'agisse d'amour ou d'autre chose, il leur faut identifier leurs différences. Chaque fois qu'une femme a le sentiment de ne pas avoir été entendue, elle se rétracte – aussi bien émotionnellement que sexuellement – et risque de devenir agressive. Comme me l'a raconté une amie : « Je suis tombée amoureuse de mon mari quand j'ai découvert qu'il m'écoutait réellement. Il m'a répété mot pour mot ce que je lui avais dit une semaine plus tôt. J'ai eu de la peine à le croire ! De plus, il avait réellement compris ce que j'avais tenté de lui dire. »

Une femme sera plus réceptive aux avances d'un homme plein d'assurance. Or, un tel homme sait écouter. Elle vous pose une question, vous fait part d'une inquiétude, ou d'une simple anecdote ? Demandez-lui si elle veut simplement que vous l'écoutiez, ou si elle attend un conseil de votre part. Dans ce cas, écoutez-la sans l'interrompre, puis proposez-lui une solution. Le plus souvent, une femme désire seulement être écoutée. Le fait que vous accédiez à son désir lui prouve que vous tenez à elle.

Toutefois, votre nature masculine peut vous pousser à identifier son problème. Elle vous trouvera alors condescendant : elle ne vous demandait pas votre avis. Par ailleurs, si vous l'interrompez constamment, elle se dira que vous ne l'écoutez pas. Elle se renfermera sur elle-même, ce qui vous nuira, à l'un comme à l'autre.

Il y a divers moyens de lui montrer que vous l'écoutez : la regarder dans les yeux, la toucher, hocher la tête. Si vous parcourez la pièce des yeux, il est probable que vous ne lui prêtez aucune attention, et elle le comprend. Comme je l'ai dit plus haut, quand une femme ne se sent pas écoutée, elle se replie sur elle-même – ou cherche un meilleur interlocuteur. Il ne s'agit pas d'une menace, mais d'un fait. L'un des reproches que les femmes font le plus souvent à leur mari ou amant est de ne pas les écouter suffisamment.

Dans le domaine sexuel, certaines aptitudes ou inaptitudes à communiquer auront des conséquences ou des effets concrets. Les femmes sont victimes d'une contradiction : elles voudraient que vous connaissiez leurs goûts, mais elles hésitent souvent à vous en faire part de façon directe. Bien que vos compagnes parlent de sexe entre elles, nombre d'entre elles ont tendance à se dérober lorsqu'il s'agit d'en discuter avec un homme.

J'ai isolé grâce aux confidences recueillies dans mes séminaires quatre raisons majeures à ces réticences.

1. Si nous avouons ce que nous aimons, nous risquons de passer pour trop délurée, ou trop directive.

2. Nous ne savons pas formuler nos désirs.

3. Nous craignons que les hommes interprètent mal nos suggestions et pensent qu'ils sont de mauvais amants.

4. Nous avons peur qu'ils ne nous écoutent pas vraiment. Une femme déclare : « Il connaît mes goûts, mais il n'en tient pas compte. »

Les femmes n'osent pas exposer leurs préférences, de peur que vous leur attribuiez une foule d'amants. Elles désirent qu'on les perçoive comme des « filles sérieuses », et craignent qu'une requête de leur part ne constitue l'aveu de ce qui donnait des résultats avec un autre... Elles redoutent que leur partenaire ne se sente étranger à la situation, ou ne se fâche.

Sachant qu'une femme osera difficilement vous avouer ses désirs, dites-lui que vous, vous voulez savoir. Mettez-la en confiance, afin qu'elle se sente libre de vous parler, voire de vous montrer comment procéder pour la caresser, l'embrasser, la lécher. Si vous prenez cette initiative, vous chasserez la plupart de ses craintes.

Par ailleurs, messieurs, soyez conscients des mots que vous employez. Si votre partenaire et vous-même aimez le mot « chatte » et ses dérivés, n'hésitez pas à les utiliser. Toutefois, si une femme n'apprécie pas votre vocabulaire, elle se fermera. Je vous suggère de commencer par les mots les plus politiquement corrects, puis de prendre progressivement des libertés. Demandez-lui par quels termes elle aime désigner les diverses parties de son corps – dans la conversation, ou en pleine action – et adaptez votre langage à ses préférences. Les mots crus pourraient l'exciter.

Lorsque vous êtes avec la même compagne depuis longtemps, vous savez anticiper ses désirs, la surprendre, ou explorer de nouvelles contrées avec elle. Néanmoins, si vous tenez à la satisfaire pleinement, communiquez ! Il n'y a pas d'autre moyen d'arriver à vos fins. Ne sous-estimez pas l'importance de la communication. Comme l'a dit un participant à l'un de mes séminaires : « Quand on fait l'amour avec une femme, il convient de guetter ses réactions les plus subtiles. Et d'agir en conséquence. »

J'ai établi une liste des différences types entre les hommes et les femmes. Gardez-les présentes à l'esprit.

- Les femmes tombent amoureuses d'une voix, les hommes d'un regard, d'un visage et d'un corps.
- Les hommes aiment passer immédiatement aux choses sérieuses. Les femmes préfèrent attendre un peu.
- Les hommes ont pour objectif de jouir, et courent droit au but. Les femmes apprécient les chemins de traverse.
- Les femmes sont réceptives à des caresses douces et légères. Les hommes préfèrent un toucher plus accusé.
- Les femmes savent généralement si elles vont passer à l'acte ou non. Les hommes sont parfois surpris de l'issue des débats. Les femmes sont sensibles à la façon dont on les traite – et accordent leurs faveurs en fonction. Bien souvent, le détail qui les décide vous aura échappé. J'ai écrit ce livre afin de mettre toutes les chances de votre côté. Plus vous en saurez, mieux vous serez préparé.

• Les hommes ont tendance à s'animer à la vue d'un sein dénudé. Les femmes sont des créatures plus sensibles à la voix et au toucher.

Le parachute doré

Plus vous mettrez d'énergie dans votre vie sexuelle, plus elle sera satisfaisante. Polarisez-vous sur votre objectif. Un cadre d'une compagnie pétrolière de l'Arizona raconte : « Quand j'ai une vie affective et sexuelle épanouie, je me sens invincible en affaires. » Combien de fois ai-je entendu cela ! Lorsqu'un homme est capable de combler une femme sexuellement, il a une meilleure opinion de lui-même et il se sent plus combatif.

Vous prévoyez huit jours à l'avance de jouer au golf. Programmez de même vos rencontres sexuelles. Au début d'une relation, vous vous surpassez pour la séduire. Eh bien, continuez ! Quel que soit votre âge, soyez créatif dans l'intimité. La façon dont vous gérez vos biens influe sur le rapport de votre fortune. Cela reste vrai dans le domaine amoureux : investissez dans votre vie sexuelle, vous en recueillerez les fruits.

Vous n'avez jamais parlé à votre amante des sentiments que vous inspirent votre lien amoureux, votre vie sexuelle commune ? Alors faites-le. Ne croyez pas qu'elle l'ait deviné.

Au fil de ces pages, je partagerai avec vous ce que j'ai appris au contact des participants à mes séminaires. Ces hommes et ces femmes me consultent dans un esprit de respect mutuel et avec le désir de devenir un(e) excellent(e) amant(e). Ce qui requiert vingt pour cent de technique et quatre-vingts pour cent d'ouverture d'esprit, de volonté, d'enthousiasme et de capacité à communiquer. Je tiens à vous remercier d'avoir cet ouvrage entre les mains. Ainsi que je le dis à mes clients, qui tous désirent combler leur femme au lit, cette démarche demande du courage. Ce que vous allez lire pourrait transformer votre vie sexuelle de façon radicale.

Le but ultime de ce livre est de découvrir votre sexualité profonde et d'en jouir.

2

PLAISIR SANS RISQUES : VOUS PROTÉGER ET PROTÉGER VOTRE PARTENAIRE

Savoir, c'est pouvoir

Le fait d'avoir des relations sexuelles sans risques n'est pas synonyme d'ennui. Au contraire, cela incite à se montrer inventif. Et à faire preuve de considération, pour sa partenaire comme pour soi-même. Évoquer la question avec une amante implique un « je prends soin de toi, je prends soin de nous ».

Ce chapitre concerne avant tout les célibataires et ceux qui entament une nouvelle histoire. Ceci dit, étant donné le nombre de divorces, les gens mariés ou vivant une relation stable s'informeront avec profit de son contenu : ils pourraient être appelés à changer de partenaire. Pour ceux d'entre vous qui sont parents d'adolescents, ces faits sont cruciaux. N'effrayez pas vos enfants, mais informez-les : le sexe et les maladies sexuellement transmissibles sont des choses qui font partie de la vie. Les deux statistiques suivantes sont édifiantes. D'une part, l'âge moyen des sujets nouvellement infectés par le virus du sida est passé de vingt-six à vingt ans. D'autre part, un séropositif sur cinq est un adolescent.

J'exposerai dans ce chapitre les précautions à prendre lors d'un rapport sexuel et les risques liés à cette activité. Ces dangers, mortels, pourraient endormir un temps votre désir, mais sans doute me serez-vous reconnaissants de vous avoir mis en garde.

L'INITIATION

Selon un sondage récent effectué auprès des adolescents de Seattle, quatre-vingts pour cent des filles de dix-huit ans et quatre-vingt-dix pour cent des garçons du même âge ont déjà eu des relations sexuelles. Soixante pour cent de ces jeunes gens ont eu cinq partenaires ou plus.

Aujourd'hui, il convient d'avoir des relations sexuelles protégées. Il serait irresponsable de ma part de parler d'éducation sexuelle sans évoquer d'abord les précautions à prendre.

Le risque de contracter une maladie sexuellement transmissible (MST) est plus grand pour les femmes que pour les hommes. Pourquoi ? La surface des muqueuses féminines (le vagin et la vulve) est plus importante que celle des muqueuses masculines (l'urètre). Par ailleurs, la femme « reçoit » la semence de l'homme, qui reste en elle. Aussi est-elle plus exposée aux infections. Les tissus très vascularisés de la vulve et du vagin (les tissus de l'urètre pour les hommes) sont les plus vulnérables lors d'un rapport sexuel : des écorchures superficielles peuvent apparaître, dues à un frottement répété.

Un homme de ma connaissance avoua à sa partenaire qu'il avait de l'herpès dès le début de leur relation. La jeune femme n'apprécia pas la nouvelle, mais elle lui fut reconnaissante d'avoir été honnête. Elle affirme que cet aveu les rapprocha. Il eut une hygiène irréprochable et surveilla tout indice d'une poussée de la maladie. Il insista pour qu'ils aient des rapports avec préservatif, même durant les périodes où le mal ne se manifestait pas. Il prit également des antiviraux, afin de réduire les risques de contagion. Cet homme et cette femme sont ensemble depuis six ans. La femme n'a jamais eu d'herpès.

SECRET D'ALCÔVE

Il n'y a aucun moment sûr pour avoir des rapports sexuels sans risquer de procréer. Mère Nature fait son œuvre Lorsqu'une femme est très excitée, elle peut ovuler en dehors de la période d'ovulation.

Ne pensez pas être à l'abri d'une maladie sexuellement transmissible si vous utilisez une méthode contraceptive. Les hommes, tout comme les femmes, peuvent être porteurs d'un virus sans présenter aucun symptôme. Dans ce cas, ils s'exposent à des lésions irréversibles à long terme – et peuvent infecter une ou plusieurs partenaires. Particulièrement s'ils ont des chlamydiae, un papillomavirus ou un herpès (voir plus bas pour plus de détails sur ces maladies et sur d'autres). Vous pouvez être porteur d'une MST même si vous êtes en pleine forme et que votre pénis vous paraît sain. Plus vous êtes âgé, plus nombreux seront les « antécédents » amoureux de votre partenaire, et plus il y a de chance qu'il ou elle soit tenté(e) de masquer certains détails peu engageants. Aussi, soyez prudent. Prenez les mesures préventives qui s'imposent.

Dans les années 70, l'expression « rapports protégés » évoquait encore la contraception. Un pasteur épiscopalien de quarante-neuf ans m'a confié : « Nous utilisions, ma femme et moi, la méthode des températures. À la troisième grossesse non désirée, nous nous sommes dit que nous ne savions pas compter. » Après tant d'années, et la diffusion de nouvelles méthodes contraceptives, le pourcentage de grossesses non souhaitées est encore très élevé aux États-Unis. Cela prouve que les Américains continuent d'agir de façon irresponsable, en dépit de l'information sur les méthodes de contrôle des naissances. De tels comportements sont-ils excusables ?

Aujourd'hui, on associe cette expression au sida et au VIH. Il est évident que le sida mérite toute l'attention qu'on lui accorde. Non seulement cette maladie tue, mais elle prive souvent ses victimes d'espoir, de dignité et de toute qualité de vie. Heureusement, la médecine a progressé, et avec elle la façon de soigner les séropositifs, qui vivent plus longtemps, en meilleure santé. La prévention reste malgré tout la meilleure des parades à ce virus.

Vous pouvez contracter le sida même si vous n'appartenez pas aux groupes à risques. J'ai interviewé le docteur Eric Daar, immunologiste à l'hôpital Cedars Sinai, à Los Angeles. « Je traite actuellement un jeune homme atteint du sida, m'a-t-il dit. Mon patient a eu des rapports non protégés avec une femme. C'est le seul risque qu'il ait pris. » Cette femme n'était pas une prostituée. Le docteur Daar s'inquiète aussi des milliers d'Africaines et d'Asiatiques qui infectent des milliers d'hommes dans leurs pays, où le sida frappe la population hétérosexuelle.

Les chiffres

Le nombre d'hommes et de femmes qui ont eu une ou plusieurs maladies sexuellement transmissibles est époustouflant. Un Américain sur quinze a contracté une MST en l'an 2001. Il est essentiel que vous sachiez avec qui vous couchez. Je n'insisterai jamais assez sur ce point.

La première cause de stérilité masculine est la chlamydia. Hélas, on n'en parle pas, fait remarquer Penelope Hitchcock, médecin responsable de l'étude sur l'évolution des maladies sexuellement transmissibles à l'Institut national de la santé américain…

Je l'ai dit, nombre de MST sont asymptomatiques. Souvent, les femmes s'aperçoivent qu'elles sont porteuses d'une maladie vénérienne au moment où elles décident d'avoir un enfant. Et le mal est fait : une

MST latente les a privées de la capacité à procréer. Ces femmes ont parfois recours à la fécondation *in vitro*.

Si vous avez un rapport sexuel avec une personne porteuse d'une MST, vous risquez de contracter la maladie. Et ce, quel que soit votre âge, votre race, votre statut social. Vous seul avez les moyens de vous protéger. Et de préserver votre partenaire.

La transmission

Les MST se transmettent par voies orale, anale et vaginale. Et parfois par simple contact entre le pénis et la vulve, la bouche et/ou l'anus. La contagion se fait d'homme à femme, de femme à homme, d'homme à homme et de femme à femme. Certaines MST risquent d'infecter un enfant au moment de la naissance. Et par l'allaitement. Le fait de partager une seringue contribue à propager les maladies sexuellement transmissibles, notamment le sida.

La chasteté est un moyen infaillible de ne pas attraper de MST. Mais qui supporterait de renoncer au sexe ? Les jeux de mains présentent peu de risques. À condition de n'avoir ni coupure, ni abrasion, ni crevasse. Et de ne pas être porteur du virus de l'herpès ou de ces bactéries appelées chlamidiae. Si vous êtes malade, protégez-vous avec des gants en latex.

Certaines maladies vénériennes, telles que l'herpès et la syphilis, peuvent se transmettre par simple contact génital, sans rapport sexuel. Cela reste vrai pour tout attouchement préliminaire sans préservatif. Vous hésitez à inviter cette superbe fille aperçue dans l'avion à boire quelques verres ? Puis à vous retrouver avec elle dans une chambre d'hôtel ? Vous avez raison.

Chaque fois que vous éprouvez un vif désir pour une inconnue et qu'elle est prête à passer à l'acte, utilisez un préservatif. Elle vous en sera reconnaissante et, dans tous les cas, vous vous serez intelligemment préservé.

Un adulte responsable devrait toujours avoir un rapport protégé avec un nouveau partenaire. Tant que vous n'aurez pas fait des analyses complètes l'un et l'autre, et attendu le temps d'incubation nécessaire, utilisez des préservatifs. Il y en a de toutes les tailles, couleurs et textures.

Limitez le nombre de vos partenaires, donc les risques de contracter une MST. Dans une relation, optez pour la fidélité. N'en déplaise aux libertins. Une escapade, autrefois sans conséquences, pourrait aujourd'hui vous coûter la vie.

Les maladies

J'ai répertorié, dans la liste qui suit, les MST les plus courantes et leurs symptômes, les dangers qu'elles représentent et les façons de les traiter. Cette liste figure dans ce livre pour votre information. Évitez les autodiagnostics. Les symptômes cités plus bas peuvent résulter d'autres maladies. Par ailleurs, nombre de MST restent longtemps latentes. Si vous pensez avoir une maladie vénérienne, consultez votre médecin.

Si votre praticien confirme vos soupçons, respectez scrupuleusement sa prescription et prévenez immédiatement votre ou vos partenaire(s). Il est délicat d'annoncer ce genre de nouvelles, j'en conviens, mais votre amante a besoin de savoir pour se soigner – et ne pas vous réinfecter.

Les chlamydiae

Les chlamydiae sont des bactéries parasites. Les symptômes liés à cette maladie apparaissent à un stade avancé. Les hommes éprouvent des brûlures en urinant, dues à une infection de l'urètre. Une inflammation de l'épididyme et des testicules fait gonfler ceux-ci. Depuis la fin des années 80, la maladie vénérienne la plus répandue aux États-Unis et en Europe est l'infection à chlamydiae. En 1997, l'Organisation mondiale de la santé recensait 526 653 cas de chlamydiae. Selon cet organisme, trois millions de personnes sont infectées chaque année. Par ailleurs, quarante pour cent des urétrites non gonococciques chez l'homme sont dues à la *Chlamydia trachomatis*.

MISE EN GARDE

L'inflammation de l'épididyme chez les hommes âgés de moins de trente-cinq ans est souvent due à la *Chlamydia trachomatis* et à la *Neisseria gonorrhoeae*. L'épididymite – inflammation de l'épididyme –, provoquée par une infection à chlamydiae, peut générer une stérilité.

On contracte une infection à chlamydiae lors d'une fellation ou d'un rapport sexuel. Chez la femme, ces bactéries provoquent parfois une infection des trompes de Fallope. Il en résulte des douleurs chroniques, des grossesses extra-utérines, et/ou une stérilité. Par transmission orale, les chlamydiae risquent d'entraîner une infection des voies respiratoires supérieures. Cette maladie touche également les nourrissons. Elle se transmet au moment de l'accouchement, et cause des infections de l'œil, de l'oreille et des poumons. Toutefois, les chlamydiae ne résistent pas aux antibiotiques.

Bien que les chlamydiae et la gonorrhée ne se manifestent pas de la même façon chez l'homme que chez la femme, ils occasionnent généralement les mêmes dommages.

La gonorrhée

On associe souvent la gonorrhée – vulgairement appelée chaude-pisse – à un autre siècle. Or, cette maladie est toujours d'actualité. Selon une estimation du ministère de la Santé aux États-Unis, six mille Américains on contracté une gonorrhée en 2001. La gonorrhée peut être asymptomatique. Chez les femmes, on ne la détecte souvent que trop tard, quand ses manifestations sont irréversibles : stérilité, grossesses extra-utérines, douleurs chroniques. Les hommes souffrent parfois d'un écoulement de pus par le pénis, de brûlures en urinant, du besoin d'uriner fréquemment et de douleurs dans le bas-ventre. Cette maladie extrêmement contagieuse infecte une personne par simple contact avec le pénis, la vulve, la bouche ou l'anus, sans qu'il y ait pénétration.

Détectée à temps, la gonorrhée se soigne aisément avec des antibiotiques.

La syphilis

La syphilis est une infection bactérienne redoutable. On estime qu'il y a eu 104 000 nouveaux cas de syphilis aux États-Unis au début des années 2000. Non traitée, cette maladie peut être fatale ou créer des lésions cardiaques, cérébrales, oculaires et articulaires irréparables. Quarante pour cent des enfants de femmes syphilitiques meurent pendant l'accouchement ou sont atteints de malformations. La maladie se manifeste par des plaies indolores, des rougeurs sur les paumes des mains et des pieds, des ganglions enflés. La syphilis est extrêmement contagieuse. Elle se transmet lors de pénétrations orales, vaginales et anales, de même que par les plaies ouvertes. Détectée de bonne heure, cette maladie est curable avec des doses massives d'antibiotiques.

L'herpès

L'herpès génital est une maladie très répandue aux États-Unis. On estime qu'il y a eu entre 200 000 et 500 000 nouveaux cas d'herpès dans ce pays en 2001. Quarante-cinq millions d'Américains en sont atteints. Nombre de malades ignorent qu'ils sont porteurs du virus, ce qui est d'autant plus inquiétant.

L'herpès génital est dû à deux virus : herpès simplex 1 et herpès simplex 2. Le premier occasionne des « boutons de fièvre » autour de la bouche, sur ou à l'intérieur des lèvres. Le deuxième ne s'attaque qu'aux organes génitaux. Les hommes atteints présentent de petites saillies douloureuses ou de minuscules ampoules sur la verge, au bord du prépuce, près du gland ou de l'anus. Chez la femme, les poussées d'herpès se manifestent à proximité ou à l'intérieur du vagin, des lèvres ou du rectum – toujours à l'endroit de la contamination.

MISE EN GARDE

Si votre femme ou vous-même avez des boutons d'herpès sur la bouche, abstenez-vous de pratiquer la fellation, car l'herpès simplex 1 infecte aussi les organes génitaux.

Les lésions provoquées par le virus de l'herpès sont douloureuses seulement si on les presse. La première poussée d'herpès dure entre douze et quatorze jours. C'est généralement la plus virulente. Les manifestations suivantes de la maladie se limitent à quatre ou cinq jours et sont moins violentes. La plupart des personnes infectées ces dernières années ont subi une poussée légère, ou ne présentent aucun symptôme.

L'herpès est très contagieux quand le contact s'établit lors d'une poussée. La transmission s'effectue également quand le virus est latent : dans cinq pour cent des cas, on trouve des traces d'infection sur la peau, alors que les sujets atteints ne présentent aucun symptôme visible.

Surveillez toute inflammation subite et localisée sur la peau ou les muqueuses. Si vous pensez avoir été exposé au virus, une analyse de sang vous rassurera ou confirmera vos doutes.

Il est difficile d'annoncer à son partenaire qu'on est atteint d'herpès génital, surtout si l'on entame une nouvelle relation. Un professeur de mathématiques de Los Angeles m'a raconté son histoire. « Je venais de rencontrer une femme formidable et j'étais terrifié à l'idée qu'elle n'interrompe la relation quand elle connaîtrait mon état. Je nous revois étendus sur mon lit. Nous n'avions encore rien fait. Je le lui ai dit. Elle n'a pas apprécié la nouvelle. Nous n'avons pas fait l'amour ce soir-là. Le surlendemain, elle est revenue me voir et m'a dit qu'elle désirait poursuivre la relation. Parce que j'avais été honnête avec elle. J'étais ravi ! »

Il n'existe pas de remède à l'herpès, mais les antiviraux se révèlent efficaces pour atténuer les symptômes lors d'une poussée, et limiter la fréquence des récidives. De plus, ces médicaments minimisent les risques de contagion lors d'une poussée non détectée.

On n'a pas identifié les causes de ces rechutes. Le soleil et le stress sont toutefois des facteurs déterminants. L'herpès peut être stressant, physiquement (cela fatigue) et sur le plan émotionnel. Une participante à mes séminaires m'a avoué : « Quand j'ai appris que j'avais de l'herpès, j'ai eu le sentiment d'être une pestiférée. J'en ai terriblement voulu au type qui me l'a passé, et je vis dans l'abstinence depuis. Je ne souhaite à personne de connaître un tel enfer. » Un autre de mes clients m'a raconté : « Nous avons fait le test du sida – négatif pour elle comme pour moi. Elle m'a alors annoncé qu'elle avait de l'herpès. Je ne m'y attendais pas, et cela m'a fait réfléchir. Cependant, elle a toujours été extrêmement vigilante, et nous utilisons chaque fois un préservatif. »

Les symptômes de l'herpès sont désagréables, mais le vrai danger est d'infecter un fœtus ou une personne séropositive. L'herpès du nourrisson est également préoccupant. Toutefois, une femme qui a contracté le virus de l'herpès avant sa grossesse a peu de risques d'infecter son bébé. Le plus souvent, l'enfant contracte la maladie pendant l'accouchement. Il peut en résulter des lésions oculaires, cérébrales et sur d'autres organes. Un bébé sur six ne survivra pas au virus. Les femmes malades subissent une césarienne si elles ont un bouton d'herpès au moment de l'accouchement.

Toutefois, le risque de contagion est minime. Seules les femmes qui souffrent d'une première poussée d'herpès durant les derniers mois de leur grossesse risquent d'infecter leur enfant. Par conséquent, si vous désirez un bébé, que vous êtes porteur du virus et que votre partenaire est saine, utilisez des préservatifs et faites un traitement antiviral.

Le papillomavirus

Le papillomavirus, connu aussi sous le nom de « condylome », est un terme générique regroupant plus de quatre-vingts types de virus. On estime qu'il y a eu un million de nouveaux cas de condylome aux États-Unis au début des années 2000. Certains papillomavirus donnent des verrues génitales, d'autres ne provoquent aucune lésion visible. Ces verrues apparaissent sur le pénis, le scrotum, l'entrejambe ou la cuisse. Elles peuvent être arrondies ou plates, isolées ou multiples, petites ou grosses. Toute personne ayant des relations sexuelles est susceptible de contracter des papillomavirus.

La contagion se produit lors d'une pénétration, orale, vaginale ou anale. Un enfant peut être infecté durant l'accouchement, bien que la chose soit rare.

UN VIRUS COURANT

Il ressort d'une étude effectuée à Seattle, auprès de filles de dix-huit ans, que vingt-cinq pour cent d'entre elles, qui avaient des rapports sexuels depuis un an, avaient déjà été infectées par le papillomavirus.

Le papillomavirus reste latent des années durant. Le diagnostic se fait visuellement ou au moyen de tests spécifiques. Il n'existe aucun remède à cette maladie. Aussi, limitez le nombre de partenaires et ayez des rapports protégés. Les hommes détecteront toute grosseur suspecte en examinant leurs organes génitaux. Incitez votre femme à faire des frottis vaginaux régulièrement. Une infection accompagne souvent l'apparition et la disparition des lésions.

La plupart des personnes infectées par l'un de ces virus ne développent aucune pathologie. Cependant, il y a cinq types courants de papillomavirus associés au cancer du col de l'utérus. Les virus qui occasionnent des verrues génitales n'en font pas partie. Alors que les hommes ne développent presque jamais de cancers dus au papillomavirus, les femmes peuvent présenter des verrues irritantes recelant des cellules malignes. Certains types de papillomavirus provoquent des lésions du col de l'utérus, qui parfois mutent en cancer. Seul un spécialiste pourra effectuer ces distinctions. Les verrues génitales se traitent à la neige carbonique, au laser et avec des crèmes. Aucun de ces traitements ne remédie totalement au mal. Généralement, on détecte le virus chez les femmes à l'occasion d'anomalies dans un frottis. Seul un bon diagnostic permettra d'identifier la maladie.

L'HÉPATITE B

L'infection causée par l'hépatite B est rarement considérée comme une MST. Cependant, cette hépatite se transmet par le sperme, les sécrétions vaginales et la salive. Elle est cent fois plus contagieuse que le virus du sida. La pénétration orale, vaginale ou la sodomie sont des moyens de transmission. Une plaie ouverte ou une coupure (dans la bouche, par exemple) peut être une porte d'entrée au virus. Si un membre de votre foyer a une hépatite B, vous risquez d'attraper la maladie en utilisant le même rasoir ou la même brosse à dents que lui.

L'hépatite B attaque le foie. Dans sa forme la moins virulente, elle n'occasionne aucun dommage : vous serez un porteur sain toute votre vie. Dans les cas plus graves, elle provoque une cirrhose ou un cancer du foie. Ce risque de cancer sera deux cents fois plus élevé si vous êtes atteint d'une hépatite B. Les symptômes rappellent ceux de la grippe intestinale. Consultez immédiatement votre médecin si vous avez des nausées, si vous vous sentez très fatigué, si vos urines sont foncées, si le blanc de vos yeux ou votre peau ont jauni. Il existe des traitements efficaces et sans risque. Cela dit, la plupart des gens qui contractent une hépatite B à l'âge adulte en guérissent spontanément.

Si votre partenaire a une hépatite B, demandez l'avis de votre médecin, qui vous conseillera peut-être de vous faire vacciner.

L'hépatite B frappe surtout les adolescents et les jeunes gens jusqu'à trente ans. Cette maladie se transmet également de mère à fœtus. Les jeunes enfants et les bébés y sont exposés.

VIH/SIDA

Le nombre de nouveaux cas ne diminue toujours pas. Nous savons comment éviter la transmission du VIH. Pourtant, nous ne prenons pas la précaution élémentaire qui consiste à avoir des rapports protégés. Ainsi contribuons-nous à la propagation du sida.

Les chiffres émis par le Centre de contrôle de la maladie (organisme américain) en février 1999 montrent que la majorité des personnes infectées, 51 %, sont hétérosexuelles. J'espère que cela vous fera réfléchir. Je ne cherche pas à vous effrayer. Je me dois toutefois de citer les chiffres réels. De plus, l'âge moyen des personnes infectées a baissé. Le nombre d'adolescents séropositifs a nettement augmenté.

Le VIH et le sida sont deux choses différentes. Le premier est le précurseur du second. Le syndrome d'immunodéficience acquise (sida) ne se manifeste qu'après une infection avec le virus d'immunodéficience humaine (VIH). Une personne séropositive a été en contact avec le VIH, et son organisme a fabriqué des anticorps à ce virus.

Vous pouvez être séropositif sans avoir développé un sida. Le VIH attaque le système immunitaire.

L'organisme devient incapable de se défendre contre les maladies courantes, et les autres. Il s'agit d'un virus sexuellement transmissible, présent dans les fluides corporels à teneur élevée en leucocytes : le sang, le sperme, les sécrétions vaginales, le lait maternel. La transmission ne s'effectue pas par la salive. On a vu certains cas d'individus infectés par une personne très malade qui les aurait mordus ou embrassés. Dans ce cas, la transmission du virus se fait via le sang (gencives saignantes, plaies dans la bouche). C'est la forte vascularisation des muqueuses de l'anus, de la bouche ou du vagin qui rend ces zones cutanées particulièrement vulnérables aux infections.

Les personnes ayant contracté la maladie ne présentent généralement aucun symptôme. Certains séropositifs se sentent en pleine forme pendant des années. Un faible pourcentage d'individus présenteront des symptômes identiques à ceux d'une mononucléose aiguë, peu après avoir été infectés par le virus. Le VIH provoque presque toujours un sida chez les séropositifs qui ne reçoivent pas de soins. Le système immunitaire des personnes infectées par le virus devient déficient : un cancer – ou un coup de froid – peut être le symptôme du sida.

Il n'existe aucun remède contre cette maladie, mais de nouveaux médicaments retardent grandement l'effet du VIH sur le système immunitaire.

Il s'écoule parfois six mois avant qu'un organisme ne fabrique des anticorps. Toute personne ayant une activité sexuelle devrait effectuer deux tests. Une première analyse après un rapport à risque, une autre six mois plus tard. Après cette période de latence, vous pourrez, en toute quiétude, avoir des relations non protégées avec une nouvelle partenaire si elle-même a fait les deux tests. De nos jours, on ne peut plus se fier à quiconque. Nombre de gens ont fait confiance à des partenaires qui affirmaient à tort être séronégatifs.

Le cas suivant me paraît édifiant. Une jeune mère a découvert sa séropositivité à la naissance de sa fille, séropositive. Elle fut effondrée à l'annonce de la nouvelle. Son mari et elle ont aussitôt fait le test : ils étaient l'un et l'autre infectés par le VIH. Il s'avéra que, avant leur mariage, l'homme avait revu une ancienne maîtresse. Ils se connaissaient bien, aussi avaient-ils eu un rapport non protégé (elle prenait la pilule). L'ex-amante, ignorant qu'elle était porteuse du VIH, infecta l'homme à son insu, créant une contagion en chaîne.

Il est indispensable que vous voyiez les résultats du test VIH de votre future amante et ceux du dépistage des autres MST. Il convient de même qu'elle connaisse les résultats de vos tests. Montrez-les-lui spontanément : cela l'incitera à faire de même. Si cette femme refuse de vous montrer les résultats de ses tests, ayez des rapports protégés avec elle. Pensez qu'elle vous dissimule des informations qui pourraient mettre votre santé, voire votre vie, en péril. Pourquoi cacher le fait qu'on est en bonne santé ?

Lorsque vous faites pratiquer le test du sida, différenciez bien le test anonyme – vous êtes alors identifié au moyen d'une série de chiffres – du test confidentiel, qui repose sur l'intégrité des laborantins. Mieux vaut opter pour le test anonyme.

Il existe aujourd'hui, aux États-Unis, un test sur la salive pour dépister le sida, Orasure, fiable à quatre-vingt-dix-neuf pour cent. De même qu'une analyse du sang, Orasure détecte les anticorps au VIH.

Dans certains groupes humains, l'infection a nettement progressé. Notamment chez les femmes d'âge mûr au sud de la Floride, peu conscientes des risques mortels liés au sida. Je l'ai signalé plus haut : le sida progresse également dans la population adolescente. Ce groupe humain est d'autant plus vulnérable qu'il prête moins attention aux mises en garde, ou rechigne à prendre des précautions.

En conclusion, récapitulons les points importants concernant le VIH et le sida.

1. Il existe plusieurs types de VIH : A, B, C, D, E, F, M, et O. Une personne séropositive peut être infectée par un autre virus – et risque de l'être, vu l'état affaibli de son système immunitaire.

2. Le virus le plus répandu en Amérique du Nord et en Europe est le B. L'Asie du Sud-Est est la proie du VIH E, l'Afrique centrale d'un melting-pot de tous les virus.

3. Certains virus sont très agressifs. Selon la virulence du VIH auquel on est exposé, on développe un sida à plus ou moins brève échéance.

4. Il est préférable d'attendre six mois avant de pratiquer un test à la suite d'un rapport à risque. C'est le temps que peut mettre un organisme à fabriquer des anticorps – même s'il le fait généralement durant les trois mois suivant l'infection.

5. Un test assez onéreux, le PCR, permet de détecter le VIH dans le sang au bout d'une semaine. Le virus peut être présent dans ce liquide entre cinq et sept jours après la contamination. La séropositivité s'installe en moyenne après quinze jours.

6. En 1996, on a traité des malades avec de puissants antiviraux qui semblaient éradiquer presque entièrement le VIH. Il arrivait même que le virus ne soit plus présent dans le sang. On arrêtait alors la thérapie. Et le VIH reparaissait. Il semble y avoir des « réservoirs » de VIH dans le corps. On a toutefois l'espoir que des traitements plus intensifs puissent chasser le virus d'un organisme de façon radicale. Pour l'heure, ces thérapies sont encore expérimentales.

7. Le VIH peut être contagieux même s'il n'est pas détectable dans le sang d'une personne.

8. En 1998, et selon le Centre de contrôle de la maladie, quatre-vingt-dix pour cent des séropositifs ignoraient leur état, parce qu'ils n'avaient jamais fait de tests.

9. Une infection opportuniste, qui ne représente pas une menace pour un système immunitaire sain, s'attaquera à un système immunitaire déficient. Par exemple, une personne qui suit une chimiothérapie risque de contracter une infection opportuniste.

J'ai parlé des MST les plus courantes, mais il en existe plus de cinquante. Le fait d'être informé n'a rien d'effrayant : cela vous permet de vous préserver.

Soyons vigilants par respect de nous-mêmes et des autres. Nous assurons nos véhicules, nos maisons. Nous devrions prendre les mêmes précautions dans notre vie sexuelle. Informez votre partenaire de votre état de santé, quelle que soit la nature de la relation.

Choisir un préservatif

Il existe des centaines de préservatifs, mais ils ne sont pas tous de qualité. Avant d'en faire l'achat, lisez les informations qui suivent.

- Un préservatif n'est pas un objet résistant à toute épreuve. Il peut se déchirer lors d'un rapport sexuel, cela pour de multiples raisons : on aura utilisé les dents pour ouvrir le sachet ; le préservatif aura longtemps séjourné dans une boîte à gants, ou dans un portefeuille ; dans ces deux cas, la chaleur détériore le latex, et fragilise le préservatif. Les lubrifiants à base d'huile ou de dérivé du pétrole (la vaseline) détruisent les préservatifs. N'utilisez jamais de lubrifiant à base d'huile ! Par ailleurs, le conditionnement de certains préservatifs réduit leur durée de vie, notamment les sachets rectangulaires qui compriment le latex.

- Utilisez TOUJOURS des lubrifiants à base d'eau. Pour plus d'informations sur ce sujet, voir le chapitre 5.

- L'excuse la plus courante de la part des hommes ayant des relations sexuelles non protégées : « Les préservatifs diminuent le plaisir ! » Là n'est pas la question : il s'agit de se préserver. Après avoir fait des tests une première fois, puis de nouveau après six mois, et en étant resté fidèle à sa partenaire dans l'intervalle, on peut se permettre d'avoir des rapports sans préservatifs.

• Certains de mes clients prétendent que les préservatifs sont trop petits pour eux. Je leur fais alors la démonstration suivante. J'ouvre un préservatif de taille standard, je replie mes doigts, puis j'enfile le préservatif sur mon avant-bras, et l'étire jusqu'au-dessus de mon coude. Un homme peut-il avoir un sexe plus gros que cela ? Si vous êtes sceptique, tentez l'expérience.

• Les messieurs qui ont des pénis très larges peuvent utiliser un préservatif fabriqué dans cette optique. Ou encore ce nouveau préservatif à l'extrémité évasée et arrondie, qui s'ajuste finement sur le gland. Ce préservatif procure des sensations plus vives. Vous obtiendrez le même résultat en déposant une goutte de lubrifiant au fond d'un préservatif standard.

MISE EN GARDE

Le préservatif protège contre le sida et les chlamydiae qui se transmettent généralement par les fluides corporels, mais il ne préserve pas de l'herpès ni des papillomavirus. On peut toutefois éviter la contagion en s'abstenant de tout rapport quand les lésions sont apparentes, et en utilisant un préservatif toutes les autres fois.

• Les spermicides contenant du Nonoxynol-9 sont très irritants. Ils détruisent l'enveloppe grasse des spermatozoïdes. Imaginez l'effet qu'ils ont sur la peau d'une femme… Vous pourriez aussi bien appliquer du détergent sur la partie la plus délicate de son corps. De plus, ces produits risquent de provoquer des vaginites et des cystites à répétition (attention : certains préservatifs sont enduits de spermicide).

• Les spermicides contenant du Nonoxynol-9 ont pour but de limiter les risques de grossesse, et non la propagation des infections sexuellement transmissibles. Le Nonoxynol-9 tue le VIH et le virus de l'herpès dans des éprouvettes de laboratoires. Il n'est pas prouvé qu'il préserve de ces virus lors des rapports sexuels.

• Selon le docteur Penelope Hitchcock, responsable de l'unité d'étude sur les maladies sexuellement transmissibles, la meilleure protection contre la gonorrhée, la grossesse et le sida est le préservatif masculin. Sachez toutefois que dix pour cent des hommes sont allergiques au latex.

• On ne devrait jamais utiliser de spermicides qu'en complément des préservatifs.

• Prenez garde aux préservatifs « nouveaux », ou « fantaisie ». Ils ne sont pas conçus pour protéger des MST ni des grossesses involontaires.

• L'efficacité du préservatif masculin « Avanti » n'a pas été testée – le fabricant le précise sur l'emballage. Évitez donc d'utiliser cette marque. Le préservatif « Trojan » sera désormais fabriqué avec un nouveau polyuréthane. Il s'appellera « Supra », et sera enduit de Nonoxynol-9.

• Dès juin 1999, les principaux fabricants de préservatifs américains, Ansell et Carter-Wallace, ont fermé la plupart de leurs usines nationales. La fabrication s'effectue désormais à l'étranger. Les manufactures américaines disposaient d'un matériel datant de 1960 à 1980 qui ne correspondait plus aux besoins du marché actuel. Ansell commercialise les préservatifs Lifestyles, Contempo et Prime ; Carter-Wallace les Trojan, les Class Act et les Magnums.

- L'Office de contrôle pharmaceutique et alimentaire (organisme américain) autorise un pourcentage de préservatifs défectueux de quatre pour mille.

Plusieurs façons sexy d'utiliser un préservatif

Le fait de se protéger peut être sexy. Si votre partenaire prend les choses en main, vous seconde, ou encore enfile le préservatif avec la bouche (méthode « italienne » ; voir mon précédent ouvrage, *L'Art de faire l'amour à un homme*, chez le même éditeur).

3

COMMENT LUI DONNER ENVIE

Deux impératifs

Pour la plupart d'entre nous, l'amour se joue en un acte, précédé de présentations rapides : les préliminaires. Quelle erreur !

Une rencontre sexuelle réussie est presque toujours précédée d'un prélude exceptionnel. Cela est surtout vrai pour les femmes, qui ont besoin d'une longue mise en condition.

Ce prélude se joue en deux temps : dans un premier temps, titillez son cerveau, puis occupez-vous de son corps. Dans ce chapitre, je vous apprendrai à la séduire mentalement. C'est assez simple : courtisez-la, puis mettez-la en confiance – deux étapes essentielles pour préparer votre partenaire à d'autres jeux.

Soyez romantique, courtisez-la

La meilleure façon de rendre une femme folle de désir est de lui faire la cour. Conduisez-vous comme un gentleman, traitez-la comme une dame. Le gentleman se fait rare, de nos jours. Ceux d'entre vous qui se comporteront comme tels bénéficieront d'un avantage certain sur leurs pairs.

Commencez par penser en gentleman. Si vous êtes plein de sollicitude et d'attentions, si vous prenez son plaisir et son bien-être en considération, il y a toutes les chances pour que l'objet de vos rêves vous donne carte blanche. À condition d'avoir passé le « test décisif ».

SECRET D'ALCÔVE

Le test décisif, pour une femme, est de savoir si elle peut – ou non – vous imaginer en train de lui faire l'amour.

Vous voulez faire la cour à une femme comme un gentleman ? Alors, ayez de bonnes manières. Nombre de parents n'enseignent plus la courtoisie à leurs fils. Pourtant, les manières sont une façon plaisante et respectueuse de communiquer avec les autres.

Donc soyez courtois, prévenant. Seuls les hommes sont capables de certaines délicatesses, comme le prouve la liste suivante. Elle n'est pas exhaustive, aussi sentez-vous libre d'improviser !

Tenez-lui la porte

Ce geste offusque certaines féministes. Pour ma part, j'adore ce genre d'égards : je vois là un hommage à ma féminité. Un homme qui tient la porte aux dames m'a avoué : « J'aimerais que les femmes sourient plus souvent pour marquer leur approbation. »

Longtemps, les femmes sont entrées dans une pièce, une réception, une salle de bal devant leur mari, tels des emblèmes de la richesse et du statut social de celui-ci : plus la femme est belle et porte de bijoux, plus l'homme est important. Dans certains milieux, cette parade est toujours de mise.

Ouvrez-lui la portière

Elle appréciera ce geste. S'il s'agit d'un rituel entièrement nouveau pour vous, prenez-en l'habitude – une bonne habitude pour un gentleman. La mère de l'un de mes amis, qui vit en Louisiane, sort d'une voiture seulement quand le conducteur lui ouvre la portière. Cela peut paraître exagéré, mais je félicite cette dame de ne pas renoncer à une tradition qu'elle juge essentielle. Si vous avez une voiture de sport, offrez-lui votre main pour l'aider à y monter, et à en sortir.

Si vous prenez un taxi, un bus ou un train ensemble, prêtez-lui votre concours au départ et à l'arrivée.

Levez-vous quand une femme entre dans une pièce.

Une convenance sociale à observer en privé et non sur votre lieu de travail… Durant ma scolarité, nous nous levions lorsqu'un professeur franchissait la porte d'une classe. C'était là une marque de respect évidente envers nos aînés.

Avancez sa chaise

Ce geste exige de la précision, de l'attention, de la délicatesse. Si elle revient des toilettes, il n'est pas utile que vous bondissiez de votre siège. Contentez-vous de tirer doucement sa chaise vers elle lorsqu'elle arrive à table. Elle fera la plus grande partie du travail, aussi n'avez-vous nul besoin de vous planter derrière elle comme un valet.

Prenez-lui le bras ou posez votre main au creux de ses reins

Ces deux gestes peuvent se faire en société. C'est une façon de montrer son affection sans choquer. Vous lui donnerez la main ou la prendrez par les épaules lors de la promenade du week-end, au cinéma, ou à table.

Portez-lui ses affaires

Une femme raconte : « Le jour où nous nous sommes rencontrés, mon petit ami a insisté pour prendre mes paquets. En fait, il n'a porté que mon sac à main ! Il m'a fallu un certain temps pour comprendre que ce geste était un aveu. »

Si votre amie tient à porter son sac, n'insistez pas. Cela dit, la plupart des dames apprécient que leur compagnon porte leurs affaires. Aidez-la à déballer les courses (que vous avez portées !), proposez-lui de déplacer un meuble.

À table, tenez-vous bien

Un homme qui se conduit mal au restaurant a peu de chances de terminer la soirée avec son invitée. En revanche, un homme qui sait se tenir impressionnera toujours favorablement la dame qui l'accompagne.

Si l'on ne vous a jamais appris les bonnes manières, achetez un manuel de savoir-vivre.

Impressionnez-la

Outre le fait d'avoir de bonnes manières, il y a divers moyens romantiques de capter son attention. Voici quelques suggestions, afin de la mettre dans d'excellentes dispositions à votre égard.

Imitez Bocuse !

Nombre d'hommes gagnent le cœur d'une femme grâce à leurs prouesses culinaires. C'est arrivé à ma sœur jumelle. Elle n'a plus touché terre le jour où elle a réalisé que son mari était un cuisinier hors pair – outre de nombreux autres talents. Les hommes qui mitonnent de petits plats sont très attirants. Vous vous sentez aimé quand elle cuisine pour vous ? Eh bien, sachez qu'une femme se sent (ô combien !) appréciée lorsqu'un homme lui prépare un repas de fête.

Petit déjeuner au lit

Si vous aimez l'amour le matin, le petit déjeuner au lit est un excellent moyen de commencer la journée avec le sourire. Évitez les céréales qui croquent. Préférez-leur des nourritures plus molles, que l'on déguste aisément en position allongée, appuyé sur un coude : des morceaux de fruits, des croissants. Préparez-lui son café ou son thé comme elle l'aime, devant elle. Mettez un petit pot de lait, du sucre et des édulcorants sur votre plateau.

L'art d'offrir des fleurs

Les hommes offrent des fleurs à la femme de leur cœur depuis la nuit des temps. Ils expriment ainsi leurs sentiments. Offrir des fleurs est toujours le signe d'un amour sincère. Ce geste aura d'autant plus d'effet que vous connaissez ses goûts. En d'autres termes, les roses rouges, c'est très bien, mais elle préfère peut-être les lys. Une participante à l'un de mes séminaires a raconté cette histoire touchante : « Quand mon petit ami a découvert que j'aimais la lavande, il en a cherché chez tous les fleuristes de l'Upper East Side (à Manhattan) pendant deux heures ! Je l'ai appris par sa sœur. Comment ne pas aimer un homme capable d'un tel geste ! » L'un de mes clients : « Si un type envoie une douzaine de roses rouges à une femme après le premier rendez-vous, soit il a passé la soirée avec une star, soit il n'a pas conscience de la symbolique de son geste. »

SECRET D'ALCÔVE

Vous désirez qu'on pense à vous longtemps. Alors faites-lui porter des fleurs fraîches. Les bouquets composés sont souvent un assemblage de boutons de fleurs fanées. Examinez les sépales (les petites langues vertes, à la base du bouton.) S'ils sont collés contre la fleur, la rose est fraîche. Autrement, la rose est sur le point de baisser le nez. Des roses fraîches devraient durer entre cinq et sept jours.

La relaxation fait tout

Si elle est détendue, une femme s'abandonnera à ses sensations. Donc, à vous de la détendre. Elle prendra ainsi plus de plaisir à la chose. Un médecin d'une quarantaine d'années m'a confié : « Il faut que ma femme se relaxe pour que son désir s'éveille. Alors, je lui masse longuement les pieds. » L'un de mes clients, architecte à Madison, dans le Wisconsin, fait couler un bain chaud à sa partenaire : « J'y ajoute ses sels de bain favoris. Il suffit qu'elle respire cette odeur pour qu'elle soit à moi ! »

Les effets relaxants de votre méthode, quelle qu'elle soit, serviront votre cause, mais l'essentiel reste votre attitude. Si votre amante sent que vous avez fait un effort à son intention, elle y répondra favorablement.

Pourquoi amener votre amante à se détendre ? Parce que les femmes pensent à dix choses à la fois. Aussi ont-elles de la difficulté à faire le vide dans leur esprit… Et à se concentrer sur la tâche présente. Un homme oublie ses préoccupations dès qu'il pénètre dans la chambre. Une femme n'a pas cette capacité : elle continue à songer aux mille choses qui lui restent à faire. Aussi messieurs, aidez-la à décompresser avant d'exciter ses sens : si une femme n'a pas l'esprit libre, son corps restera insensible à vos caresses.

SECRET D'ALCÔVE

Une femme qui porte un « négligé » est censée – comme l'indique l'étymologie du mot – se détendre et éviter les travaux ménagers. Ce terme vient du verbe latin « negligere », littéralement : « ne pas ramasser ».

C'est élémentaire !

Votre partenaire parviendra à se relaxer si vous procédez comme suit :

- Faites en sorte qu'elle se sente bien, physiquement et mentalement.
- Évitez les interruptions.
- Accordez-vous l'espace et le temps nécessaires.
- Dites-lui que vous aimez son corps.

1. Afin qu'elle se sente bien, offrez-lui l'environnement idéal pour une rencontre sensuelle – pensez à la beauté, au calme, à la sécurité du lieu. Si vous ne vivez pas ensemble, veillez à ce que votre chambre soit pour elle un endroit accueillant. Proposez-lui de laisser quelques affaires dans une commode. Si vous vivez ensemble, rangez votre chambre, vos vêtements, ou faites le lit. Une femme, dans un séminaire, s'est souvenue d'une mésaventure. « Je sortais avec un homme depuis peu, et les choses devenaient sérieuses. Nous avions déjà couché ensemble, mais jamais chez lui. Il occupait un poste important dans une banque d'investissement. Il était soigné et très élégant, mais la première fois que je suis allée chez lui, j'ai failli m'évanouir. Les draps étaient sales, le rideau de la douche moisi ! Cela m'a dégoûtée. J'ai inventé une excuse pour rentrer chez moi. Quelques jours plus tard, je lui ai suggéré de tout revoir dans son intérieur. Il ne manquait pas d'argent. Sans doute était-ce de l'inconscience de sa part. »

La propreté est sacrée pour bien des femmes.

2. Évitez les interruptions : mettez le répondeur, tirez les verrous, branchez une écoute à distance si vous avez de jeunes enfants. Une femme raconte : « Nous avons un gamin de quatre ans et un bébé de neuf mois. Nous travaillons l'un et l'autre et nous sommes épuisés à la fin de la journée. La solution : passer vingt-quatre heures par mois en amoureux. Nous engageons une baby-sitter. Nous allons à l'hôtel. Nous revivons ainsi ces moments d'intimité romantiques que nous connaissions au début de notre relation. À cette époque, nous voyagions l'un et l'autre et devions prévoir nos rendez-vous des mois à l'avance ! Au début, j'éprouvais de la culpabilité à l'idée de laisser les enfants, mais ces échappées belles ont eu un effet miraculeux sur notre mariage. Il y a deux mois, notre bébé était un peu grippé, et la machine à laver en panne parce que l'aîné avait versé la litière du chat dedans ! Le jardinier avait inondé le garage, nos provisions étaient trempées. Nous nous sommes regardés et exclamés, en même temps : "Plus que deux jours, et nous serons samedi !" Le jour de notre escapade. Nous avons éclaté de rire ! »

3. Réservez-lui du temps en planifiant vos rencontres. Vous consacrez quelques heures par semaine à un sport ? Procédez de même pour la séduire et la contenter. Une femme, dans un séminaire : « Mon mari a mille attentions à mon égard. Il m'entraîne dans une pièce, à l'insu des enfants, puis il me tend mon esquimau préféré ! Il sait créer une ambiance intime. Nous nous offrons des intermèdes érotiques dans la salle de bains – nous faisons couler l'eau, pour que les enfants n'entendent pas. »

Accordez-lui toute votre attention, chaque fois que l'occasion se présente – condition sine qua non pour la mettre dans l'état d'esprit idoine.

SECRET D'ALCÔVE

Les deux ennemis de l'intimité sexuelle sont la fatigue et le manque de temps. Au début d'une relation, vous privilégiez l'intimité, mais par la suite, vous risquez de vous laisser déborder ; notamment s'il y a des enfants. De façon claire, votre vie sexuelle doit rester une priorité pour vous et votre partenaire.

4. Dites-lui que vous aimez son corps.

Une femme ne s'abandonnera pas au plaisir si elle est mal à l'aise ou si elle a une image négative de son corps. Les femmes s'épanouissent quand on les écoute et qu'on les complimente sur leur physique – même les mannequins s'interrogent sur leur sex-appeal. Vous êtes avec elle, vous devez donc la trouver attirante. Dites-lui ce que vous aimez chez elle et ce que vous aimeriez lui faire. Elle a besoin de l'entendre. Quelques mots bien choisis peuvent avoir un effet immédiat sur votre amante. À vous de trouver lesquels.

Lui avez-vous dit récemment quelles parties de son corps vous préfériez ? Si oui, tant mieux, si non, dites-le-lui. Et répétez-le-lui. Souvent.

Comment l'aider à se relaxer

Créer un environnement qui lui donne envie de se détendre

Inventez pour elle une oasis de bien-être et de paix – que ce soit la chambre, la véranda, ou la salle de bains. Jouez sur l'éclairage, les parfums, ou sur toute autre stimulation sensuelle qui lui rappellera que la journée est finie. Et qu'il est temps de passer à autre chose.

Faites-lui couler un bain avant qu'elle ne rentre

Allumez des bougies ou de l'encens, aidez-la à se déshabiller. Asseyez-vous sur le rebord de la baignoire pour savourer avec elle ce moment de détente. Savonnez-la, frottez-lui le dos. Apportez-lui un verre de vin ou d'eau fraîche. Une illustratrice de livres pour enfants s'est souvenue d'un détail essentiel à ses yeux : « J'ai su que j'épouserais l'homme qui est devenu mon mari la première fois qu'il m'a fait couler un bain… Il m'a lavé les cheveux. C'était délicieux ! »

Occupez-vous d'elle : sexuellement, sur le plan émotionnel. Toute femme a envie de se sentir unique et appréciée.

Quand elle sort du bain, essuyez-la, passez-lui du lait hydratant sur le corps. Si le mantra de l'agent immobilier est « la situation exceptionnelle, la situation exceptionnelle », celui de l'amant sera « l'attention constante, l'attention constante ». Sous toutes les formes possibles et imaginables…

Éveillez ses cinq sens

Stimulez ses cinq sens, vous éveillerez son corps au plaisir. Vous l'avez courtisée, détendue, c'est le moment de vous occuper de son corps. Émoustillez-la, elle vous tombera dans les bras.

La vue

La vue est le sens que nous utilisons le plus. Votre nid d'amour peut avoir un effet positif sur elle : veillez à l'ordre et à la propreté. Pensez à la beauté, à la volupté du lieu. Ne demandez pas à une femme de dormir dans un lit défait. Évitez les vêtements éparpillés autour de votre couche : elle vous prendrait pour un adolescent attardé. Offrez-lui un environnement de rêve, pour qu'elle se sente importante !

SECRET D'ALCÔVE

La lumière douce est flatteuse – pour vous deux.
Si vous désirez réellement la séduire, mettez un vase discret avec une seule fleur près du lit. Bannissez les photos d'anciennes maîtresses de votre chambre.

L'odorat

Quant aux attirances olfactives, vous pouvez aussi bien l'envoûter que la dégoûter. Nos ancêtres avaient un odorat très développé. Certains scientifiques affirment que les odeurs s'impriment dans la mémoire de façon définitive. Sans doute éprouvez-vous une émotion chaque fois que vous reconnaissez le parfum d'une ex sur une inconnue qui passe dans la rue.

SECRET D'ALCÔVE

Les femmes ont l'odorat plus développé que les hommes. Il se peut que vous ne remarquiez pas les odeurs résiduelles. La solution ? Prendre régulièrement des bains et se savonner, plus particulièrement sur les points stratégiques.

Votre odeur naturelle, messieurs, peut être votre meilleur atout, un phéromone sublime pour une part de la gent féminine. Une dame nous a confié, lors d'un séminaire : « Comme j'aimais l'odeur de son cou ! Une bouffée de lui et je voulais qu'il me prenne ! »

Les hommes transpirent plus que les femmes, aussi doivent-ils veiller à leur hygiène afin de ne pas indisposer leur partenaire. Les glandes sudoripares situées sous les bras et dans l'entrejambe génèrent une sueur visqueuse et malodorante. Lorsque cette sueur entre en contact avec les bactéries présentes sur la peau, il en résulte une odeur désagréable. Utilisez un déodorant. Votre odeur naturelle est excitante pour certaines femmes, pas votre sueur.

Étant donné le pouvoir qu'ont les odeurs, l'usage de l'aromathérapie s'impose. Les huiles essentielles ont des vertus curatives. Certaines d'entre elles sont également relaxantes – orange, marjolaine – ou aphrodisiaques – ylang-ylang. Elles s'utilisent dans des diffuseurs d'essences : elles émoustillent les récepteurs d'odeurs du cerveau. Versez-en quelques gouttes dans le bain de votre amante (attention : les huiles essentielles brûlent) ou massez-la à l'aide d'une dilution d'huile d'amandes douces. N'appliquez jamais d'huiles essentielles sur les organes génitaux, les muqueuses ou les yeux.

Bon à savoir

- Faites-lui humer votre après-rasage et votre eau de Cologne. Si ces senteurs lui déplaisent, optez pour d'autres produits.
- Changez les draps avant qu'elle arrive.
- L'odeur que laisse votre lessive sur vos vêtements pourrait l'indisposer. Si c'est le cas, utilisez une autre lessive.
- Et votre déodorant ? Qu'en pense-t-elle ?

Le goût

Le fait de manger est érotique. Excitez ses papilles, vous éveillerez son appétit et son désir. Avez-vous essayé de lui donner à manger ? Au lit ? Lui avez-vous demandé de vous nourrir à la petite cuiller ? Le raisin offre diverses possibilités. Les nourritures qui suivent sont censées être les mieux adaptées aux circonstances qui nous intéressent.

Les fraises

Entières, plongées dans du chocolat, ou dans un mélange de crème et de sucre roux… Elles font merveille !

Les figues

Choisissez des fruits frais, gonflés, dont le velouté pourrait lui rappeler vos testicules. Offrez des figues lors de votre prochain rendez-vous amoureux.

Le raisin

Ces petits grains juteux sont amusants. Prenez-en un entre vos dents et demandez-lui de mordre dedans.

Les prunes

Ce fruit affriolant a entre autres mérites celui de donner une bonne haleine.

Le chocolat

Noir, au lait, blanc, comme il vous plaira. Utilisez-le en transition entre le dîner et l'amour. Le cacao contient de la phényléthylamine, la substance produite par le cerveau quand on tombe amoureux.

Les olives

Si elles sont fourrées avec du piment ou une amande, prenez-en une entre vos dents et demandez à votre amante de sortir la garniture avec ses incisives.

Les huîtres

Crues, bien sûr : elles sont érotiques et rappellent le sexe féminin. Elles contiennent également beaucoup de zinc, un minéral qui donne de la vigueur sexuelle aux hommes.

Les noix ou les amandes

Les noix du Brésil ou les noix de cajou.

Le fromage

À pâte dure ou molle, à votre gré.

Les boissons

Le vin (le vin rouge s'associe très bien avec le chocolat), le champagne, les jus de fruits, l'eau minérale.

SECRET D'ALCÔVE

Dans l'Angleterre de Chaucer, on employait le mot « mussel » (moule) pour désigner la vulve dans le langage érotique.

Bon à savoir

- Un corps et une bouche impeccables – adage valable pour les deux partenaires.
- Ne proposez pas trop de goûts différents : cela endormirait ses papilles.
- Choisissez un vin qui avivera la saveur des mets sans la dominer.

L'ouïe

L'ouïe de votre partenaire est très développée. Votre voix détient un grand pouvoir de séduction, ainsi que certaines musiques ; les magasins de vêtements passent des musiques douces en sourdine, qui ont un effet apaisant sur les clientes.

SECRET D'ALCÔVE

Si votre répondeur se trouve dans la pièce, ou à proximité, coupez le son. Si vous avez un téléphone près de votre lit, débranchez-le. Une ambiance érotique s'accommode mal de la sonnerie de téléphone ou de la voix de votre mère.

Pensez au fond sonore : cela détendra votre partenaire et l'incitera à la rêverie.

Vous n'avez pas l'habitude d'écouter des instrumentaux ? Allez fouiner dans les rayons jazz et classique de votre disquaire. Pensez à Barry White ou à Marvin Gaye, chanteurs sexy par excellence, mais seulement si vous avez l'intention de passer à l'action. Pour ceux qui aiment prendre leur temps, voici quelques suggestions :

Philip Aaberg, *Out of the Frame* (New Age) ;

Enya, *Watermark* (voix contemporaine) ;

Kenny Rankin, *The Kenny Rankin Album* (voix contemporaine) ;

Keith Jarrett, *Arbour Zena* (jazz contemporain) ;

John Barry, *Moviola* (compositeur contemporain) ;

Windham Hill Retrospective (New Age) ;

La collection « Round Midnight » du label Verve, notamment Chet Baker, Billie Holiday, Ben Webster (jazz).

Essayez d'installer une fontaine décorative dans votre living. Le bruit de l'eau a un effet à la fois apaisant et sexuellement stimulant.

Bon à savoir

- Ne montez pas trop le son.
- Privilégiez les morceaux au rythme lent, à moins que vous n'ayez envie d'un « beat » plus violent.
- Demandez-lui quelles sont ses musiques préférées.
- Proposez-lui d'acheter des CD ensemble.

Le toucher

Usez du toucher, mais en dernier. Quand on les caresse, les femmes réagissent comme les chats : elles s'enroulent autour de vous. Toute caresse l'aidera à se détendre – elle s'excitera ainsi plus facilement. De plus, le fait de se toucher est le moyen le plus simple de communiquer.

« Mon mari n'a qu'à me toucher le dos ou le bras en public pour que je me détende. Et puis il a une façon de me dire "On y va" en pressant ma main, qui fonctionne très bien dans les dîners ou les soirées… »

Dans le chapitre suivant, nous parlerons de son corps. Tandis que vous naviguez sur sa peau, voyez si elle se relaxe. Sa respiration est-elle devenue plus profonde, plus lente ? Gardez cette idée présente à l'esprit : si une femme est détendue, il y a toutes les chances pour qu'elle s'abandonne à vous.

4

STIMULER SES ZONES ÉROGÈNES

Embrassez-la, touchez-la, excitez-la

Vous l'avez courtisée, relaxée. Maintenant, faites monter le désir en elle. L'une de mes clientes raconte : « Mon mari est un magicien en la matière. Il a le chic pour commencer à m'exciter vingt-quatre heures à l'avance. Il colle des Post-it dans mon agenda pour me faire part de ses désirs ! »

Vous voulez l'exciter sexuellement ? Alors, accordez-lui toute votre attention. Si elle a le sentiment que vous êtes totalement axé sur elle, que votre seule préoccupation est de la faire jouir, votre partenaire s'ouvrira comme une fleur au soleil. Plus elle se sentira en confiance avec vous, plus ses inhibitions tomberont. Un banquier de New York s'en souvient encore : « La première fois que ma petite amie s'est réellement laissée aller, j'en ai été émerveillé. Tout à coup, son corps réagissait d'une façon nouvelle à ce que je lui faisais. Je n'avais jamais expérimenté cela avec aucune autre femme, et nous sommes restés ensemble. »

SECRET D'ALCÔVE

Il n'est pas utile de se trouver dans la même pièce pour entamer les préliminaires.

« Mon ex-amant était formidable, raconte une photographe new-yorkaise. J'avais l'impression que la terre s'arrêtait de tourner quand nous faisions l'amour. Il avait ce petit sourire, il verrouillait la porte d'entrée. Il me consacrait soudain toute son attention, et de façon si intense ! Et peu m'importait que je doive partir une demi-heure plus tard : je me recoiffais dans la voiture. »

J'insiste sur ce point : si votre amante n'est pas détendue et à l'aise, vous ne réussirez pas à la mettre en condition, quoi que vous fassiez. Dans le chapitre précédent, vous avez appris à la courtiser et à la relaxer. Il est temps maintenant de s'occuper de son corps, donc de l'embrasser, de la toucher, de l'exciter.

Les femmes se plaignent du fait que leurs partenaires les cajolent seulement quand ils ont envie de faire l'amour. Même si c'est votre objectif, messieurs, vous obtiendrez de bien meilleurs résultats si certains de vos câlins… restent des câlins. J'entends très souvent dans mes séminaires : « Je l'aime et j'ai envie de lui, mais pourquoi faut-il que chaque fois qu'il me touche, il ait une idée derrière la tête ? Quand il m'embrasse sur le front, ou m'étreint affectueusement, je me sens vraiment aimée. Je suis alors plus disposée à faire l'amour. »

SECRET D'ALCÔVE

Plus un homme est affectueux avec une femme et la touche de façon câline, plus elle sera réceptive à ses avances.

Embrassez-la

Rien de plus excitant pour une femme qu'un baiser sensuel. Qu'il soit bref ou qu'il dure, ce baiser a le pouvoir de la mettre à vos genoux. Une femme juge de vos capacités sexuelles d'après la façon dont vous embrassez. Comme le dit une graphiste de Floride : « Ses baisers m'excitent encore davantage que ses caresses. » Une autre femme se souvient de son ancien amant : « Nous nous aimions, mais cela n'a jamais marché au lit : je détestais la façon dont il embrassait. Je lui ai expliqué plusieurs fois comment je voulais qu'il procède, mais il n'en a jamais tenu compte. »

Les hommes ont d'ailleurs conscience du pouvoir érotique du baiser. Un participant à mes séminaires l'exprime ainsi : « Je trouve très sexy et très excitant de s'embrasser intensément durant les préliminaires amoureux. »

Nous avons tous le souvenir de nos baisers d'adolescents, qui duraient plusieurs minutes. Des moments d'un érotisme puissant, qui avaient l'effet escompté : nous mettre dans tous nos états. Après plusieurs années, nous oublions qu'il est merveilleux d'embrasser notre partenaire, et que cela nous excitait terriblement, au début. Si vous saviez embrasser, vous le savez encore : le baiser, c'est comme la bicyclette ou la natation.

Embrassez une femme avec art, et comme elle le souhaite ; vous avez parcouru la moitié du chemin. Mais avant tout, faites-le avec amour et dans l'intention d'émouvoir. Un baiser peut être une déclaration.

> **SECRET D'ALCÔVE**
>
> *Certaines femmes aiment que l'on aspire légèrement leur langue, d'autres non. Informez-vous. Et soyez attentif à ses réactions.*

Variez les baisers en fonction de l'humeur, des circonstances. Demandez-lui de vous montrer de quelle façon elle aime être embrassée.

VOICI UNE LISTE DE DÉTAILS UTILES

- Une femme qui a une lèvre inférieure pulpeuse aimera que vous la lui suciez doucement.
- Léchez l'intérieur de sa lèvre supérieure du bout de la langue. Le dessous de votre langue se trouvera contre ses dents. Toutes les femmes n'aiment pas cela, aussi, demandez-lui son avis.
- Ne rentrez pas entièrement votre langue dans la bouche d'une femme. Sauf si elle le désire.
- Évitez l'effet Woody Woodpecker.
- Mieux vaut adopter la stratégie de la tortue que celle du lièvre. Un long baiser intense l'emportera toujours sur une exploration rapide.

SECRET D'ALCÔVE

Une brochure de 1936 affirmait qu'« on peut tomber enceinte en embrassant ». Indirectement, oui.

Les baisers

French kiss

Le baiser le plus connu. Un *french kiss* réussi peut durer des heures. Le rythme fait tout. Alternez les tempos, sucez sa langue, tournez la vôtre dans sa bouche… N'aspirez pas sa langue trop fort.

La pâmoison

D'après les confidences recueillies dans mes séminaires, la façon la plus séduisante d'embrasser une femme consiste à soutenir sa tête et son cou entre ses mains.

Le baiser contre le mur

C'est parfois le plus chaud des baisers, vu son ardeur, son urgence. L'homme est debout, les bras en appui contre le mur, la femme face à lui.

Les escaliers

On se place au même niveau, les yeux dans les yeux. Un homme raconte : « Le soir de notre premier rendez-vous, je venais d'embrasser ma petite amie sur la joue et j'allais partir lorsqu'elle m'a dit : “Je veux essayer quelque chose.” Elle m'a pris par les épaules, m'a entraîné vers les escaliers. Elle a grimpé sur la première marche, pour que nous soyons au même niveau. Après quoi elle m'a embrassé. Le fait de mener le jeu l'excitait au plus haut point. »

Le baiser, mais pas sur la bouche

Embrassez-la sur tout le corps. Aventurez-vous sous ses bras, sur ses épaules, sur ses fesses, dans le creux de ses genoux, et de ses bras. Et partout ailleurs.

Le Picasso

Nombre de femmes aiment qu'on embrasse leur sexe. Le fait que vous la goûtiez est un acte d'amour – vous-même appréciez qu'elle avale votre sperme.

Le baisemain

L'un des hommages les plus galants que l'on puisse offrir à une femme. Vous retiendrez la main qu'elle vous tend et la porterez à vos lèvres en vous inclinant légèrement. Vous ferez durer ce baiser deux secondes, puis vous baisserez le bras et lâcherez sa main. Veillez à ce que vos lèvres soient sèches.

Une femme a raconté cette anecdote : « Lors de notre deuxième rendez-vous, nous venions de commander le vin, quand l'homme qui m'accompagnait m'a dit : “J'ai envie de vous embrasser depuis le premier instant !” Là-dessus, il a pris ma main gauche, l'a portée à ses lèvres, puis l'a embrassée doucement. Il n'aurait rien pu faire de plus séduisant, de plus élégant ! »

SECRET D'ALCÔVE

Embrasser votre amante est le meilleur moyen de la mettre en appétit.

Touchez-la

Lorsque vous caressez son corps, ne négligez aucun centimètre carré de peau. Un homme nous a confié : « Quand j'ai fini de masser ma femme, je sais si j'ai bien travaillé ou non : soit elle dort, soit elle est dans tous ses états ! »

Chaque femme aura ses préférences, n'hésitez pas à vous en informer. Encore une fois, occupez-vous de son corps « en entier ». Une femme m'a raconté : « J'avais l'impression d'être une machine avec des interrupteurs à actionner. Il touchait le point A, puis le B, puis le C. J'étais alors censée être prête à passer aux choses sérieuses. C'était insupportable ! » Naviguez sur son corps, mais évitez les points chauds.

Nous avons tendance à caresser notre partenaire comme nous aimerions être caressés. Les hommes préfèrent une pression sensible, tandis que les femmes apprécient une certaine légèreté dans le toucher.

Peut-être aurez-vous une réticence à poser des questions ou à recevoir des leçons. Je vous ai donc préparé un guide topographique du corps féminin. Je commencerai par le haut de son corps, je descendrai progressivement, jusqu'à ses pieds. Je vous donnerai divers indices sur la manière d'émouvoir tel ou tel endroit.

La tête

La plupart des femmes aiment qu'on leur masse la tête ou qu'on leur touche les cheveux. Choisissez un soir où vous ne sortez pas, de façon à pouvoir les lui emmêler un peu.

Passez vos doigts ou une brosse dans sa chevelure. De façon douce et régulière. Cette caresse se fait de haut en bas, mais un mouvement tournant sur la fin peut être agréable. Ou encore, demandez-lui de vous brosser les cheveux. Ainsi vous saurez comment procéder avec elle. Vous retiendrez la façon dont elle varie les plaisirs, en quels endroits, et avec quelle intensité.

Bon à savoir

- Jouez avec ses cheveux à la base de son cou, levez-les, et embrassez-la en dessous.
- Approchez votre bouche de son crâne, afin qu'elle sente votre souffle chaud. Une approche subtile, qui a des résultats surprenants !

SECRET D'ALCÔVE

Selon un coiffeur, plus les femmes ont de cheveux sur la nuque, plus elles ont de poils pubiens. Certains hommes aiment les poils pubiens abondants, d'autres non.

Le visage

Cette caresse est très douce, très intime. Elle sera d'autant plus sensuelle que vous regarderez votre partenaire dans les yeux. Si elle porte du fond de teint, demandez-lui de le retirer. Passez ensuite le dos de votre main ou de votre index sur sa mâchoire, sous sa pommette, puis dans son cou. Une femme se souvient de la façon dont vous la touchez.

Petits trucs

- Passez le bout de vos doigts sur le bord de ses lèvres.
- Approchez votre doigt de sa bouche et demandez-lui de le sucer. Elle vous montrera ce dont sa langue est capable.
- Jouez au jeu suivant : fermez les yeux tous les deux et embrassez l'autre au coin de la bouche. Si vos nez se touchent, vous perdez !

Les oreilles

Les hommes aiment qu'on leur rentre la langue dans l'oreille. Les femmes préfèrent une approche moins directe. Vous ne pouvez résister à son oreille ? Alors, essayez de passer le bout de la langue autour du pavillon, ou de sucer doucement les lobes.

Bon à savoir

- Évitez de lui souffler trop fort dans l'oreille : cela n'aurait pas l'effet recherché.
- Léchez-lui l'oreille, puis soufflez légèrement dessus. Cela produit des sensations contrastées. Chaud et humide, puis frais…

Le cou et les épaules

Cette zone est très érogène, pour toutes les femmes. Une caresse dans le cou la fera frissonner de plaisir. Votre langue, vos lèvres, vos doigts, votre menton seront très appréciés. La peau de ses épaules et de son cou est très fine, aussi, soyez léger ! La variété s'impose : *ne répétez pas toujours la même caresse. Innovez, surprenez-la. Caressez-lui les bras de façon symétrique.*

Bon à savoir

- Chez les femmes, la zone comprise entre la base des lobes et le creux du cou est l'une des plus sensibles.
- Commencez doucement avec le bout de vos doigts, puis appelez votre langue et vos lèvres à la rescousse. Occupez-vous des deux côtés de son cou.
- Soulevez ses cheveux, embrassez sa nuque, puis poursuivez sur ses épaules. Une caresse idéale quand elle porte un bustier.

SECRET D'ALCÔVE

Ne vous précipitez pas sur les points stratégiques. Retardez à loisir le moment d'y arriver. Les femmes préfèrent une lente exploration ponctuée de multiples détours. Éveillez d'abord les autres parties de son corps au désir.

LE NOMBRIL

Certaines femmes aiment qu'on leur mette la langue, le doigt ou le nez dans le nombril. D'autres non.

BON À SAVOIR

• Massez la ligne qui va du haut des poils pubiens au creux des seins – un massage tournant du bout des doigts ou des pouces.

• Le creux de son nombril est un parfait réceptacle pour du champagne ou d'autres boissons. Il est situé au nord d'une zone très innervée et répercutera tout frisson vers ce point chaud.

LE DOS

Le creux de ses reins mérite qu'on s'y attarde. Il vous suffira peut-être d'y appliquer votre main pour l'exciter au plus haut point. Vous caresserez son dos du plat de la main, du bout des doigts, en arabesques, de haut en bas. Comme l'a fait remarquer une femme : « Vous, les hommes, vous avez le souffle chaud, et nous portons des robes décolletées dans le dos… »

BON À SAVOIR

• Ayez une approche progressive : certaines femmes pourraient mal interpréter une caresse si près de leur derrière. Si votre partenaire est réticente, concentrez-vous sur le devant de son corps.

• Un mouvement descendant, du dos aux fesses, fera vibrer son entrejambe.

• Attachez-vous aux petites fossettes, au-dessus de ses fesses. Dites-lui ce que vous allez faire, puis taquinez ces fossettes du bout de la langue. C'est une façon de la préparer à l'envahisseur.

Les fesses

Ne mésestimons pas l'importance de cette partie du corps féminin, tant prisée par la gent masculine ! Si votre partenaire éprouve une gêne à l'idée que vous caressiez sa croupe, dites-lui simplement que vous aimez son derrière. Une participante à mes séminaires m'a confié : « Quand mon petit ami m'a avoué qu'il adorait regarder, toucher et lécher cette partie de moi, j'ai été sidérée. Aujourd'hui, cela me paraît naturel. Il lit le journal, le dimanche, la tête dans le creux de mes reins, la joue contre mes fesses. »

Bon à savoir

- Si votre partenaire est à quatre pattes, appuyez votre poitrine sur ses fesses, tout en lui caressant les seins.
- Si elle aime la sodomie, vous pouvez commencer par écarter doucement ses fesses. Cela stimulera son anus, et lui rappellera ce qui l'attend.

Les membres

Pensez à la place dont vous disposez ici ! Jambes, bras, poignets, chevilles, mains ! Comme dans toute caresse, touchez-la des deux côtés : la symétrie intensifie la sensation. L'intérieur du poignet et l'intérieur du coude sont particulièrement sensibles.

Bon à savoir

- Le fait de caresser ses membres est une excellente façon de réveiller ses terminaisons nerveuses : le plaisir irradie depuis les extrémités de son corps.

• Vous pouvez lui toucher les bras et les jambes dans les lieux publics sans choquer. Les membres sont également l'endroit rêvé pour pratiquer la caresse ondulante (voir plus loin dans ce chapitre).

Les pieds

Je m'inspire ici de la culture chinoise, qui considère le massage du pied comme un moyen d'agir sur le corps entier.

Pour ce faire, installez-vous dans une position confortable : assis entre les jambes de votre partenaire, ses orteils vers vous. Utilisez de l'huile d'amande douce, ou une huile de massage naturelle. Posez une serviette sur vos genoux.

Le but premier de ce massage est de détendre les petits muscles et ligaments qui assurent la cohésion entre les os du tarse et du métatarse. Massez-la avec vos pouces, du talon vers les orteils. Effectuez des mouvements circulaires, comme si vous remontiez le long de sa colonne vertébrale. Ne serrez pas son pied, cela compresserait les osselets et lui ferait mal. Si elle est à la fin de son cycle menstruel, la partie du pied située sous sa cheville sera très sensible : n'appuyez pas trop fort à cet endroit.

Détendez ses orteils en tirant doucement sur chacun d'eux. Commencez le massage avec vos pouces, placés côte à côte sur le talon. Massez celui-ci fermement, en effectuant un mouvement du centre vers l'extérieur du pied. Récidivez sur toute la plante du pied. Pratiquez ensuite un massage circulaire sur son talon avec la base de votre main. Sucez son gros orteil, puis les quatre autres, mordillez-les, léchez-les, promenez le bout de votre langue sur tout son pied, improvisez à l'infini sur ce registre.

Selon Valerie Ann Worwood, auteur de *Scents and Scentuality* (*Senteurs et sentualité*), le pied de la femme compte quatorze points qui, stimulés, provoquent une excitation sexuelle.

Petits trucs

- Massez les gros orteils avec le pouce et les doigts.
- Massez le talon d'Achille jusque sous le mollet.
- Points sensibles : tracez une ligne qui va du décrochement du talon jusque dans le pli situé près de l'orteil médian.

Le fait de masser les points 1 à 14, que l'on stimule en réflexothérapie (voir le schéma ci-contre avec les chiffres correspondants), aura les effets suivants :

1. Détend.
2. Atténue l'anxiété.
3. Éclaircit l'esprit.
4. Gomme les contractures dans le cou.
5. Diminue la tension oculaire.
6. Améliore l'humeur.
7. Chasse le stress.
8. Régule la respiration.
9. Gomme les tensions
10. Apaise.
11. Fluidifie la circulation.
12. Relâche les muscles de l'intestin.
13. Atténue l'anxiété.
14. Apaise.

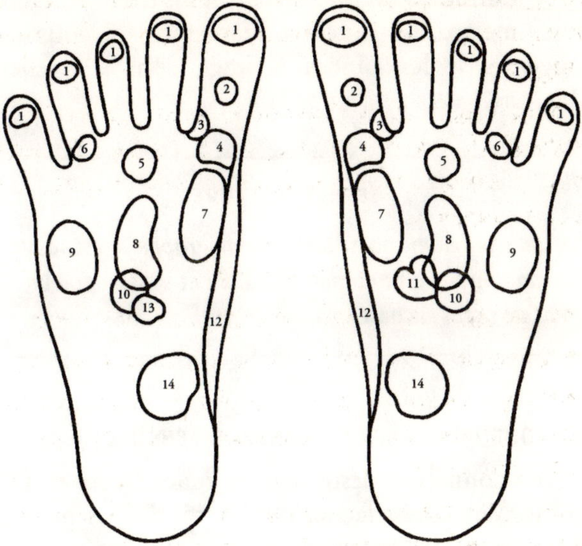

Pied droit **Pied gauche**

Diagramme de réflexologie

Les seins

La plupart des femmes adorent qu'on leur caresse les seins, qu'on leur pince ou qu'on leur morde les mamelons !

Abstenez-vous toutefois de presser un sein : les femmes ont horreur de cela.

Encore une fois, à vous de découvrir la façon dont elle aime être caressée. Demandez-lui de vous le montrer, ou bien regardez la façon dont elle joue avec ses seins quand elle se masturbe.

Si elle aime qu'on lui pince les seins très fort, essayez de lui mettre des pinces à mamelons. Si vous n'en trouvez pas, les pinces à linge sont d'excellents substituts.

SECRET D'ALCÔVE

Lorsqu'une femme passe une mammographie, c'est souvent son mari ou son amant qui a détecté une grosseur ou un amas de tissus suspects.

MÉTHODE INTÉGRALE ET MASSAGE SENSUEL

Vous connaissez désormais les zones érogènes d'une femme. Voici deux façons d'utiliser judicieusement ces informations. La première méthode ou « intégrale » est une caresse légère et enveloppante sur tout le corps. La deuxième approche est un massage plus appuyé pratiqué avec les deux mains, que j'appelle le massage sensuel.

L'intégrale

La peau d'une femme est son organe sexuel le plus vaste. Ainsi, chaque centimètre carré de son corps peut-il devenir érogène. Si vous êtes assis à côté d'une femme qui vous trouve séduisant, et que vos coudes ou vos épaules entrent en contact, elle le ressentira intensément.

Dans mes séminaires, je suggère aux hommes d'essayer la caresse ondulante sur eux-mêmes. Utilisez le devant de la cuisse comme terrain d'expérimentation (avec ou sans vêtements). Tracez une ligne droite depuis le genou jusqu'à l'entrejambe. Avec vos ongles, puis du bout des doigts pour voir la différence. Réessayez, en variant la pression, et recommencez aussitôt avec un mouvement ondulant.

Vous voyez la différence ? Dans la caresse en ligne droite, les nerfs « savent » qu'ils seront les prochains à frémir. Quand le mouvement est sinueux, les nerfs anticipent la sensation de plaisir, sans savoir s'ils vont en jouir. Cette caresse se pratique sur n'importe quelle partie du corps. Ou avant de s'intéresser à des zones plus sensibles.

De plus, cette caresse peut se pratiquer dans les lieux publics sans la gêner et sans vous exciter outre mesure.

Le massage sensuel

C'est là tout un univers, et nombre de livres ont été écrits sur le sujet. Je vous en livrerai la quintessence. Cette technique ne requiert aucun apprentissage, mais il convient que vous vous investissiez dans ce que vous faites.

Des deux mains, massez doucement toutes les parties de son corps en conservant une pression constante. Il est préférable de commencer par la tête et de poursuivre vers les pieds. Évitez les zones clés (le sexe et les seins) : cela créerait une tension sexuelle inutile, qui annihilerait les bienfaits du massage.

Selon sa sensibilité, variez la pression.

Quelques conseils

- Pensez à l'équilibre, à la symétrie : ce que vous faites d'un côté, faites-le de l'autre.
- Utilisez un lait ou une huile de massage, afin que vos mains glissent aisément sur sa peau.
- Versez le lait ou l'huile dans vos mains, puis frottez-les l'une contre l'autre : vous lui épargnerez ainsi une sensation de froid.
- Couvrez d'une serviette ou d'un drap les parties de son corps que vous ne touchez pas. Veillez à ce que la pièce soit bien chauffée.
- Choisissez une musique apaisante.

Excitez-la

Vous l'avez embrassée, caressée. Maintenant, excitez-la. L'excitation sexuelle est le résultat d'une mystérieuse interaction entre son corps et son esprit. Voici quelques principes éprouvés :

1. Rédigez un scénario érotique ensemble. Vous écrivez une ligne/un paragraphe, elle écrit la/le suivant(e).

2. Racontez-lui l'un de vos fantasmes dans lequel elle joue le premier rôle. Si vous craignez que la crudité de la scène ne la choque, commencez par une version soft, observez ses réactions, puis corsez éventuellement l'histoire.

3. Téléphonez-lui de votre lieu de travail, et dites-lui ce que vous lui ferez en fin de journée.

4. Laissez-lui un message décrivant ce que vous lui réservez, ou bien lisez un passage d'une œuvre érotique sur son répondeur.

5. Utilisez ce rituel charmant du dîner pour faire monter la tension entre vous. Une femme nous a raconté dans un séminaire : « Je m'étais foulé le poignet, et mon mari m'a donné à manger à la cuiller. C'était très excitant ! »

Nourrissez votre amour, même si elle est en mesure de le faire elle-même.

6. Envoyez-lui une carte postale sur laquelle vous aurez décrit la partie de son corps qui vous excite le plus.

PRÉLUDE, MODE D'EMPLOI

- La satisfaction sexuelle ne passe pas nécessairement par l'orgasme. L'essentiel est de faire du bien à l'autre.
- Utilisez un lubrifiant et laissez-le à portée de main, sur la table de nuit, par exemple.
- Veillez à avoir l'haleine fraîche et les dents propres. C'est évident, je le sais, mais pensez-y.
- Pas trop vite, pas tout de suite.
- Honorez son corps des pieds à la tête. Que votre bouche et vos mains l'explorent tout entière.
- Fouettez votre imaginaire et traitez son corps, ou une partie de son corps, comme si c'était la première fois que vous la touchiez. Innovez, innovez ! Elle verra la différence. De façon générale, ayez les mêmes égards avec elle que si vous veniez de la rencontrer et deviez la séduire.

- Demandez-lui souvent si la pression et la vitesse de votre caresse lui conviennent : elle peut vouloir changer de rythme plusieurs fois au cours d'une même rencontre.
- Assurez-vous que votre barbe ne pique pas.

Conclusion...

Votre partenaire s'abandonnera si vous avez excellé dans les préliminaires – et seulement dans ce cas. Les femmes s'échauffent plus lentement que les hommes et sont plus cérébrales. Prenez ces différences en compte si vous désirez accéder au nirvana. Et lui permettre d'atteindre les sommets dont « elle » est capable.

5

JEUX DE MAINS, JEUX DIVINS

Les zones sensibles

Dans ce chapitre et dans le suivant, les hommes apprendront la subtilité, ou comment devenir un amant exceptionnel. Nous avons parlé du prélude, de l'importance de stimuler les zones érogènes de votre partenaire, mais nous n'avons pas considéré ces points chauds.

Nous venions d'aborder le sujet lors d'un séminaire, quand une participante s'est exclamée : « Dites-moi où a lieu le séminaire pour messieurs, que j'attende à la sortie et que je laisse tomber mon mouchoir ! » Vous l'avez compris, cette dame cherchait un homme informé – et qui eût assez d'assurance pour savoir qu'on a toujours des choses à apprendre.

Il n'y a aucun doute sur la question : les femmes adorent qu'on stimule leurs zones sensibles. Tout comme vous aimez qu'on vous caresse, parfois qu'on vous presse entre nos doigts.

Les femmes aiment qu'on les masturbe pour les mettre en condition ou pour les faire jouir. Interrogez votre partenaire sur ses préférences. Elle vous sera reconnaissante de vous en inquiéter. Il arrive toutefois qu'une femme connaisse mal son propre corps et ses désirs. Une institutrice de trente-cinq ans, habitant San Diego, m'a confié qu'elle avait découvert le plaisir avec son mari – elle avait reçu une éducation très puritaine. Les femmes apprécient votre participation bien plus que vous ne l'imaginez…

SECRET D'ALCÔVE

D'après le magazine Science, il faut six heures au cerveau pour mémoriser un nouveau geste. Qu'il s'agisse de putter la balle, au golf, ou de lécher votre partenaire.

Certaines femmes jugent le cunnilingus ou la masturbation plus intimes que la pénétration. En effet, ceux-ci vous donnent accès à la part la plus secrète d'elles-mêmes, et les rendent ainsi totalement vulnérables. Lorsqu'une femme ne désire pas que vous la touchiez en cet endroit, respectez ses désirs.

En matière de stimulation manuelle, votre partenaire sera votre meilleur guide. Certaines femmes aiment qu'on leur tapote légèrement le clitoris pour commencer, d'autres préfèrent attendre un peu avant que vous ne flattiez cet organe sensible. Une part de la gent féminine apprécie une caresse directe, rapide et appuyée sur le clitoris et dans la région limitrophe. D'autres dames préfèrent une approche plus subtile, un toucher répétitif, rapide et léger. Selon un musicien de Seattle : « Apprendre les préférences d'une femme requiert de la pratique. Vous connaissiez X ? Eh bien vous devrez tout réapprendre avec Y, comme si vous changiez d'instrument. »

Pour commencer

Vous la ferez jouir avec vos mains ou vos doigts, si vous savez comment et où la toucher. Sans indications, vous risquez de ne jamais arriver à destination. Aussi, je vous propose un petit guide et divers conseils pour l'emploi des lubrifiants.

Avant d'improviser du bout des doigts, lavez-vous les mains. Ceci, pour deux raisons. D'une part, les muqueuses d'une femme sont extrêmement délicates. Par ailleurs, le sel contenu dans votre sueur risque de l'irriter. Rincez-vous bien les mains : des résidus de savon la piqueraient.

Surveillez la longueur de vos ongles.

Comme l'a remarqué une femme : « Il suffit qu'il me pique une fois avec son ongle pour que je me crispe, de peur qu'il ne recommence. » Des ongles coupés et soignés ne blessent pas… et sont un facteur de séduction. Car les femmes regardent vos mains, messieurs, et les imaginent sur leur corps ! Des ongles rongés ou trop longs risquent de diminuer votre sex-appeal. Les ongles sales sont un détail rédhibitoire.

Le sexe féminin

Comment la toucher pour la faire jouir ? Tout un programme – il y a des hommes qui tâtonnent encore !

Les organes sexuels masculins sont visibles, alors que ceux d'une femme sont en partie cachés. Cependant, il n'existe aucune différence entre le fœtus XX (féminin) et le fœtus XY jusqu'à six à huit semaines de gestation. Nous commençons tous notre vie intra-utérine avec un sexe féminin. C'est au stade embryonnaire, vers la huitième semaine, que commence la production de l'hormone masculine, la testostérone. Cette substance fait des lèvres potentielles un scrotum, et du clitoris en germe un gland.

La vulve

La partie externe du sexe de la femme s'appelle la vulve. Le mont de Vénus est le triangle charnu et couvert de poils qui se trouve sur l'os pubien. Les grandes lèvres sont un tissu adipeux comprenant des glandes sudoripares, des glandes sébacées, et des terminaisons nerveuses.

Les petites lèvres se trouvent derrière les grandes lèvres. Elles vont du dessus du clitoris à l'ouverture vaginale. Ces deux replis de chair n'ont pas de tissus adipeux ni de poils, mais ils possèdent un plus grand nombre de terminaisons nerveuses que les grandes lèvres.

La couleur des organes génitaux va du rose au pourpre et peut varier durant les rapports sexuels. La taille et la forme de ces organes diffèrent selon les femmes. La partie visible du clitoris se trouve sous la jonction entre les petites lèvres. Il est recouvert d'un petit capuchon, voisin du prépuce masculin. Le clitoris se gorge de sang et devient turgescent quand on l'excite. La partie interne de cet organe est plus importante qu'on ne pourrait le penser. D'après les recherches effectuées par le docteur Helen O'Connell, urologue et chirurgienne au Royal Hospital de Melbourne, « la partie visible du clitoris communique avec une pyramide de tissu érectile de quatre centimètres de haut (le tronc du clitoris) situé sous la peau. Deux bras se rattachent à ce tissu érectile, qui s'évasent vers l'intérieur du corps, mesurent une dizaine de centimètres et aboutissent à l'aine. Entre ces deux "bras" se trouvent deux bulbes, qui partent du tronc du clitoris. Il y a un bulbe de chaque côté de la cavité vaginale ».

Lorsqu'on caresse le sexe d'une femme, la région pelvienne se remplit de sang, la partie visible du clitoris gonfle et durcit. Les « bras » de cet organe érectile passent sous les grandes lèvres. Stimulez celles-ci : vous exciterez le « tronc » du clitoris. Cette caresse se révèle idéale pour les femmes qui ne supportent pas une stimulation directe du clitoris.

SECRET D'ALCÔVE

Le mot « clitoris » vient du terme grec kleitoris, qui signifie « petite colline ».

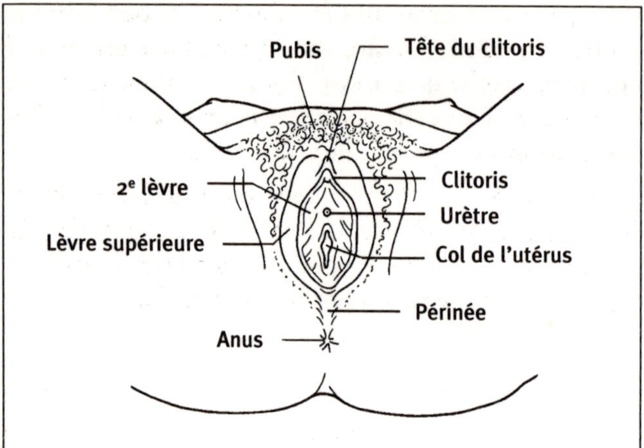

La vulve

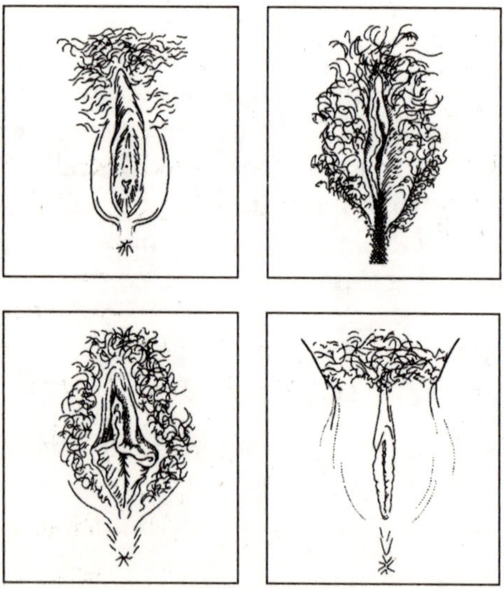

Différentes formes de sexes féminins

L'urètre se trouve sous le clitoris. Et sous l'urètre, l'entrée du vagin. Ces deux orifices sont très proches. Il peut en résulter des infections urinaires dues au frottement provoqué par les rapports sexuels ; d'où l'expression « cystite de la jeune mariée ».

Entre le vagin et l'anus, une petite surface de chair lisse appelée le périnée. Cette zone est parfois très sensible chez la femme – et souvent chez l'homme. Sucez son périnée ou massez-le avec vos doigts.

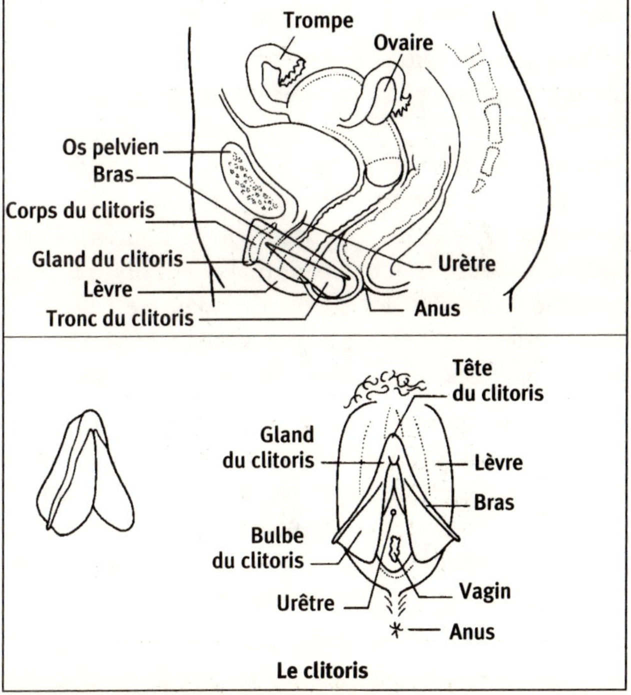

Le clitoris

Le vagin

Le vagin change de forme et de taille selon le degré d'excitation. Un homme me l'a décrit ainsi : « Imagine que tu glisses la partie la plus sensible de ton anatomie dans un gant de cuir chaud, humide, et très doux. C'est ce mélange de chaleur, de pression et d'humidité qui rend cette petite caverne si hospitalière. »

À froid, le vagin est serré. Quand une femme s'excite mentalement, visuellement ou avec un homme, elle est humide après trente secondes – mais elle n'est pas forcément prête pour la pénétration. Attendez que sa respiration s'apaise. Cela indique qu'elle est détendue.

Au repos, le vagin est un tube de huit à dix centimètres. Ainsi, un pénis en érection de taille moyenne – treize centimètres – suffit à combler la plupart des femmes. La vagin est un muscle, strié de petites rides en relief. Sa surface interne est une muqueuse, semblable à celle de l'intérieur de la bouche. Cette surface produit la lubrification. En dehors de toute excitation sexuelle, les parois du vagin se touchent. Sous l'effet du désir, le vagin s'ouvre et sécrète un liquide poisseux, afin qu'un pénis puisse y pénétrer.

Plus les muscles coccygiens d'une femme sont toniques, plus son vagin est serré. L'apparence et la texture des sécrétions vaginales varient en fonction du cycle menstruel, donc des niveaux hormonaux. Ces variations affectent également les femmes au moment de la ménopause, et après ce passage.

L'alcool, les médicaments, qui peuvent déshydrater un organisme, influent de même sur le volume des sécrétions vaginales. Généralement, le vagin est la partie du corps féminin la plus saine, et qui garde un PH constant. À moins qu'un praticien ne le recommande, les femmes devraient éviter la douche intime. Cette pratique, souvent préjudiciable, est la cause première des infections urinaires et vaginales aux États-Unis.

Le point G

C'est le professeur Ernst Grafenberg qui a découvert le point G. Les docteurs John D. Perry et Beverly Whipple l'ont nommé ainsi d'après l'initiale de Grafenberg.

Ce point se trouve sur la paroi vaginale antérieure de la femme, au niveau de l'urètre. Le point G a la taille d'une pièce de cinq centimes. Lorsqu'on le stimule, il atteint un diamètre de deux centimètres.

SECRET D'ALCÔVE

Un homme a décrit le point G ainsi : « Au toucher, il ressemble à un haricot, ou à un petit pois. Il est lisse au départ, puis sa surface devient inégale. »

Certaines femmes peuvent jouir lorsqu'on stimule cette zone particulière. Et éjaculer – je reviendrai sur ce phénomène au chapitre 8, dans la partie qui traite des orgasmes de la femme. Les glandes paraurétrales, situées de chaque côté de l'urètre, sécrètent un liquide quand on les stimule.

Toutes les femmes ne réagissent pas de la même façon à la stimulation du point G. Certaines d'entre elles ne voient aucune différence entre cette zone-là et le reste de la paroi vaginale ; d'autres grimpent aux rideaux quand on les caresse à cet endroit.

Il est parfois difficile de localiser le point G. Je connais une sexologue qui n'a pas réussi à trouver le sien ! Son partenaire a dû voler à son secours. Dans certains cas, la recherche du point G devient une véritable quête du Graal, mais si vous êtes patient et sensible, vous finirez par le découvrir !

SECRET D'ALCÔVE

Les lubrifiants à base d'eau peuvent sécher : quelques gouttes d'H_2O les fluidifieront. Une raison de plus pour avoir un verre d'eau sur sa table de nuit.

Les lubrifiants

Les lubrifiants sont l'une des grandes inventions de l'humanité. N'hésitez pas à en user, et à en abuser. Il arrive que les hommes – tout comme les femmes – aient une réticence à utiliser ces produits miraculeux. Comme si l'emploi de cette substance gluante et fraîche trahissait leur impuissance à émouvoir suffisamment leur partenaire. Sachez, messieurs, que maints facteurs, outre l'excitation sexuelle, agissent sur la capacité d'une femme à se rendre accueillante.

SECRET D'ALCÔVE

Il arrive que le vagin s'humidifie pendant les phases de sommeil paradoxal.

La muqueuse vaginale est l'une des parties les plus délicates du corps d'une femme. Même si elle est très humide quand vous l'avez stimulée, la zone mouillée sèche dès qu'on l'expose à l'air ou au contact d'un préservatif. Votre amante peut être très excitée, mais sèche. Si vous poursuivez votre action, vous risquez de provoquer une irritation très désagréable. D'où l'utilité des lubrifiants.

Petits trucs

- Laissez le lubrifiant goutter de vos doigts sur son sexe : le produit se réchauffe au contact de votre peau.
- Si vous voulez utiliser votre salive comme lubrifiant, évitez de boire du vin ou de la bière avant : l'alcool déshydrate.

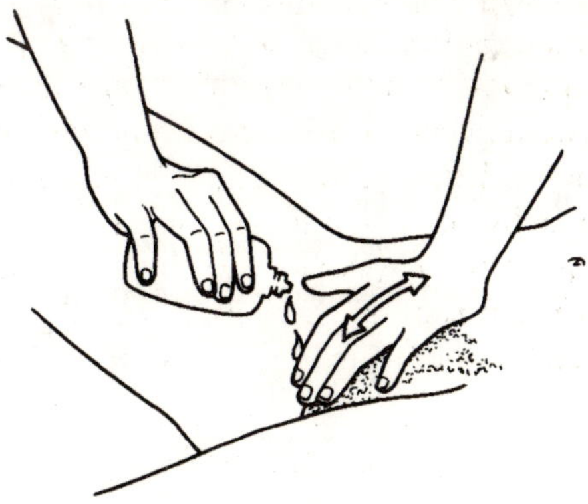

L'application du lubrifiant

• N'introduisez pas d'huile dans le vagin de votre partenaire : cela risquerait de provoquer une infection.

QUEL LUBRIFIANT ACHETER ?

• Privilégiez les lubrifiants à base d'eau : l'huile attaque le latex – donc exclut l'usage du préservatif.

• Les femmes préfèrent les lubrifiants incolores, qui ne tachent pas.

• Certaines femmes sont très sensibles à tout nouveau produit. Choisissez un lubrifiant anallergique si votre partenaire a la peau réactive.

• Bannissez tout lubrifiant à base de Nonoxynol-9 (un spermicide). Cette substance est très irritante. Un avertissement peut figurer sur l'étiquette : « A usage cosmétique », ou « évitez tout contact avec les yeux », donc a fortiori avec les parties génitales…

• Les femmes sont sujettes aux irritations, bien plus que les hommes. Le produit que vous utiliserez restera en elle. Aussi, lisez attentivement sa composition.

SECRET D'ALCÔVE

Méfiez-vous des lubrifiants à base de diméthicone, un dérivé de la silicone, nouveaux sur le marché. Certains produits sont « inflammables » (!) ou « pour usage externe exclusivement ». Ces lubrifiants sont dangereux ; la silicone peut pénétrer dans l'organisme.

Les positions

Il existe quatre positions idoines pour masturber une femme. Chacune de ces positions requiert des gestes spécifiques, qui lui sont adaptés. Peaufinez votre technique, en vous inspirant des suggestions ci-dessous – c'est en forgeant qu'on devient forgeron. Dans les quatre positions proposées, l'homme reste en contact avec le corps de la femme, ce qui est préférable.

SECRET D'ALCÔVE

Chaque approche devrait commencer par un mouvement large, dont vous réduirez peu à peu l'amplitude. Le tempo sera lent, puis ira crescendo. Le fait de bouger trop vite ou d'avoir un toucher trop appuyé pourrait atténuer les sensations de votre partenaire ou être désagréable. La plupart des femmes ne supportent pas une caresse immédiatement intense. Laissez la tension monter.

LES CLASSIQUES (POSITIONS 1 ET 5)

Les positions les plus faciles à prendre pour masturber une femme… Et celles qui génèrent les plus mauvaises habitudes ! « Qui a dit qu'il fallait trouver le clitoris puis le frotter furieusement ? » s'est exclamée une participante à un séminaire.

Ces positions sont très – et mal – pratiquées dans les films pornos. Les producteurs cherchent à vendre : ils ne s'inquiètent pas de votre plaisir, et encore moins de celui des femmes. Ils pensent à faire de « l'action », que

Position 1

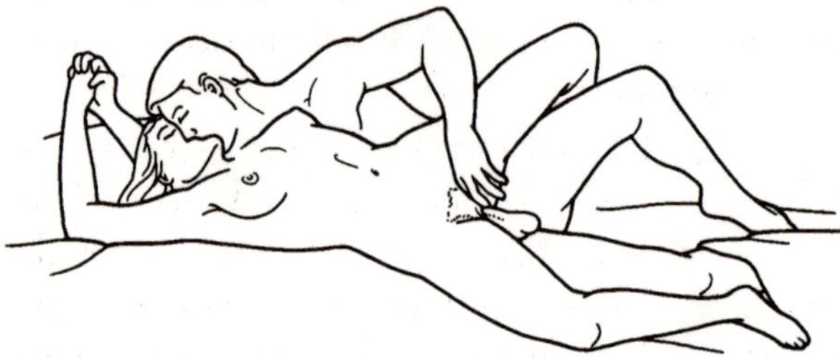

Position 5

l'action fonctionne ou non. Dans la réalité, une stimulation intense d'emblée ne donnera aucun plaisir à votre partenaire.

Vous la satisferez en modulant votre tempo et votre pression. Appliquez le lubrifiant avec un mouvement large et circulaire, pour éveiller au plaisir toute la zone concernée. Vous réduirez l'ampleur du mouvement quand l'excitation montera.

Un conseil : reposez votre poignet sur son pubis, afin de stabiliser votre bras et de ne pas vous fatiguer trop vite. Ainsi, vous répéterez longtemps ces petits mouvements circulaires et/ou d'avant en arrière que les femmes adorent. Allez et venez avec votre index et votre majeur, en maintenant, sans le serrer, le clitoris entre ces deux doigts. Les femmes utilisent parfois cette technique pour se masturber. Vous pouvez aussi effectuer ce geste avec la paume de votre main.

Si vous êtes en elle pendant que vous la touchez, contractez le périnée pour que votre pénis se redresse. Les femmes apprécient.

Trois doigts

Ce mouvement est idéal si vous êtes derrière ou au-dessus d'elle. Pour commencer, posez trois doigts sur ses lèvres – les grandes et les petites. Laissez votre index et votre annulaire sur ses grandes lèvres et recouvrez son clitoris avec le majeur. L'avantage de commencer avec trois doigts ? Vous ne brusquez pas le clitoris, vous éveillez les alentours. De plus, vous protégez votre partenaire de l'action de l'air : elle sentira la chaleur que dégage votre main et restera plus mouillée.

Poursuivez ce mouvement de va-et-vient un certain temps. Après quoi, glissez subrepticement le majeur dans le vagin, puis effectuez un mouvement d'avant en arrière sur le dessus du clitoris avec deux doigts. Ou encore, tapotez doucement cette zone.

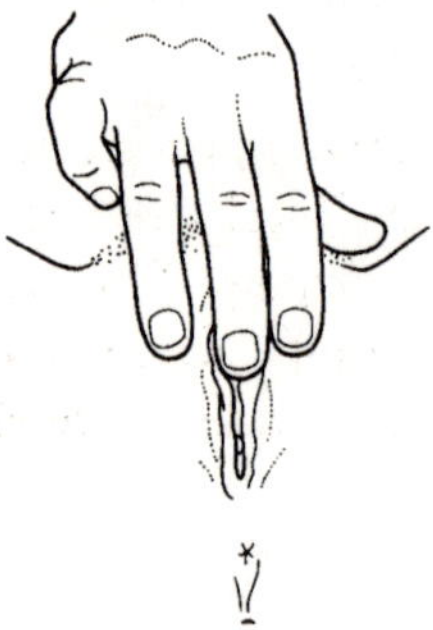

Étape 1

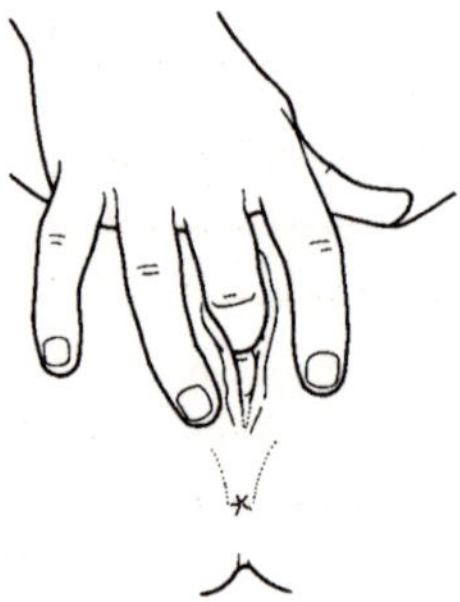

Étape 2

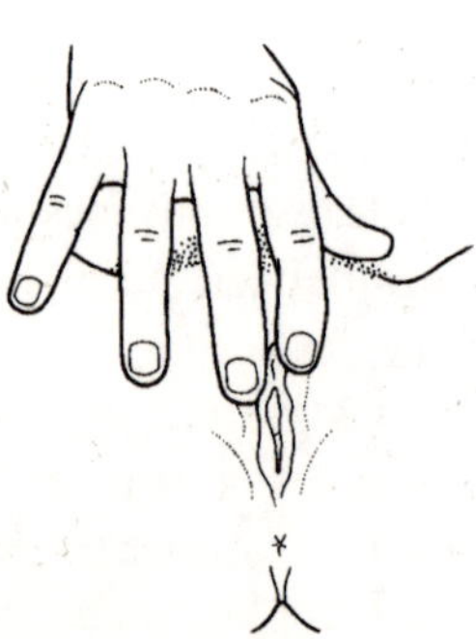

Étape 3

La position 2

Cette position convient aux hommes qui ont un faible pour le derrière de leur femme. Un publicitaire de Portland, dans l'Oregon, déclare à ce propos : « J'adore la rondeur et le contact de son cul. De plus, je peux la toucher tout en humant son sexe. » Cette position vous permettra de caresser les seins de votre partenaire, et d'effectuer un mouvement circulaire dans son vagin avec votre pouce. Le pouce a l'avantage de se fatiguer moins vite que les doigts.

Par ailleurs, cette position est parfaite pour stimuler le point G. Essayez de masser la paroi antérieure de son vagin avec votre index et votre majeur. Plus votre partenaire s'émouvra, plus le point G deviendra palpable. C'est également un bon moyen de la préparer à la pénétration anale.

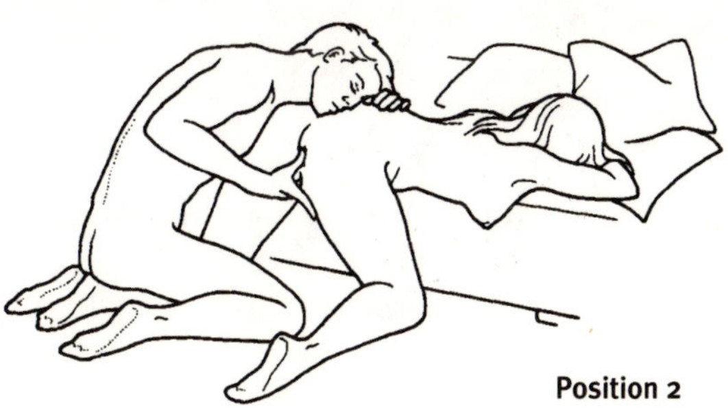

Position 2

Avant d'arriver à bon port, promenez-vous sur le dessous de ses cuisses, de ses genoux et dans le creux de ses reins. Commencez avec le plat de la main. Vous masserez ainsi de plus vastes surfaces. Réduisez ensuite votre terrain d'action et caressez-la du bout des doigts. Variante : limitez-vous au-dessus du clitoris et au clitoris lui-même. Avec un ou deux doigts. Et laissez vagabonder votre main libre !

La position 3

Position 3

Dans cette position, la femme reste en contact étroit avec vous, se fond dans votre corps. C'est une bonne position pour ceux qui aiment regarder et parler. Les options sont nombreuses. À vous et à votre partenaire d'improviser.

Allumage...

Déposez quelques gouttes de lubrifiant sur votre pouce et votre index, prenez délicatement le clitoris recouvert de son capuchon entre ces deux doigts, puis imprimez un mouvement (doux) tournant, et répétitif sur cet organe sensible. Demandez d'abord à votre partenaire si cette idée lui sied.

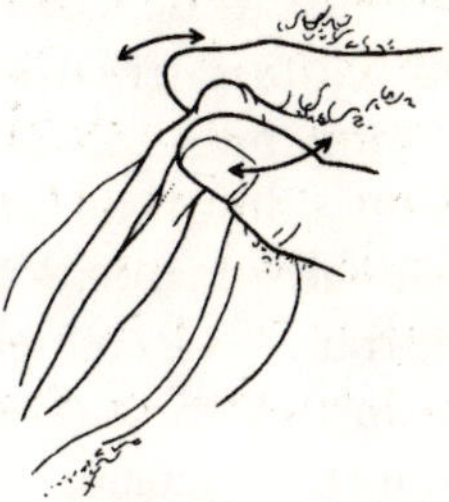

Double action

Dans cette variante de la position 3, l'homme caresse sa partenaire de façon appuyée, de l'intérieur des cuisses vers le sexe, une main après l'autre. Ainsi, vous la détendrez, et elle pourra s'abandonner à vous. Comme l'a remarqué une femme : « Je me sens en sécurité quand il me fait cela, bien que je sois totalement exposée. » De plus, vous élargissez la sensation jusqu'aux alentours de la zone sensible.

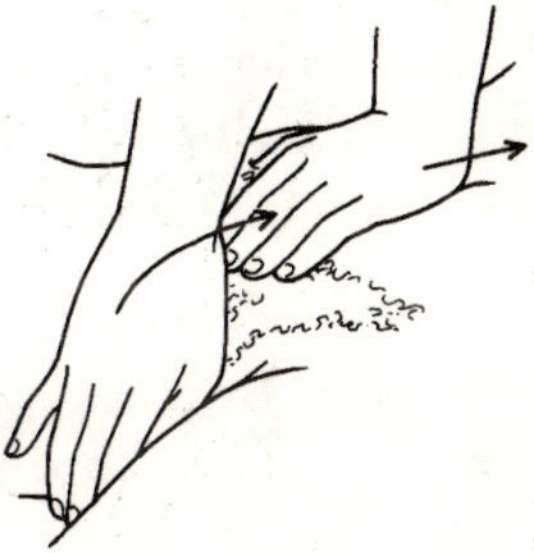

SECRET D'ALCÔVE

La taille du clitoris d'une femme – comme celle du pénis chez l'homme – n'influe pas sur l'intensité du plaisir ressenti.

Le tour de piste

Une caresse légère autour du clitoris et des lèvres. Commencez par passer un doigt autour de son sexe, puis faites la même chose en écartant légèrement ses petites lèvres. Cela fera monter la tension : la peau est plus sensible aux caresses quand on l'étire. Ou encore, placez un glaçon sur sa chair offerte. Allez-y doucement : posez d'abord le glaçon sur la partie externe des lèvres et ne le laissez pas plus de quinze secondes. Une femme raconte : « Mon mari l'a fait : c'était délicieux ! Après la sensation de froid, sa bouche m'a paru si chaude ! » Certaines femmes n'aiment pas cela. Ne lui faites pas la surprise !

L'une sur l'autre

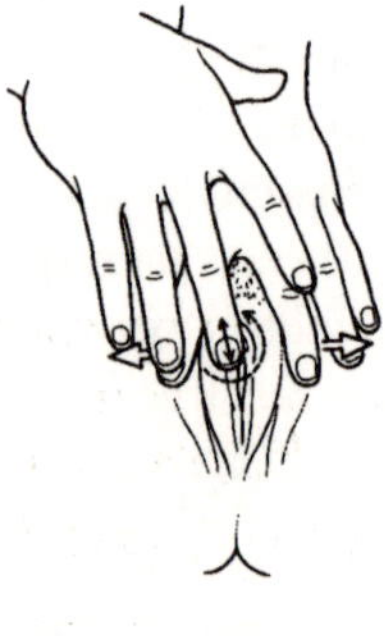

Écartez les lèvres d'une main, puis superposez l'autre main. Après quoi, massez le clitoris avec le majeur de la main supérieure. Employez un mouvement circulaire et/ou descendant. Dans cette position, vos doigts ne se fatigueront pas. Votre partenaire a alors l'avantage de sentir toute votre main.

LA POSITION 4

Elle se laissera faire, fantasmera de son côté… Elle peut poser sa jambe sur votre épaule, une façon de rester en contact. Agenouillez-vous sur un coussin, pour votre confort.

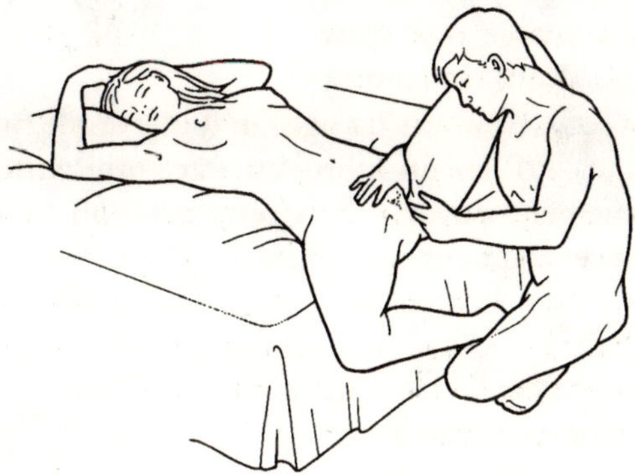

Position 4

SECRET D'ALCÔVE

Les meilleurs mouvements sont les suivants : d'avant en arrière, de gauche à droite, circulaires. Certaines femmes aiment qu'on leur tapote légèrement le clitoris. Demandez-lui son avis avant de le faire.

Le monde est une huître

Cette caresse s'effectue aisément dans la position 4. D'une part, vous avez la place d'agir, d'autre part, vous vous concentrez sur elle, pendant qu'elle se concentre sur ce que vous lui faites. Vous toucherez tout son sexe, comme s'il s'agissait d'une argile meuble et délicate. Utilisez un lubrifiant, car votre partenaire sera totalement ouverte dans cette position. Ayez les ongles ras et soigneusement limés.

Le sculpteur

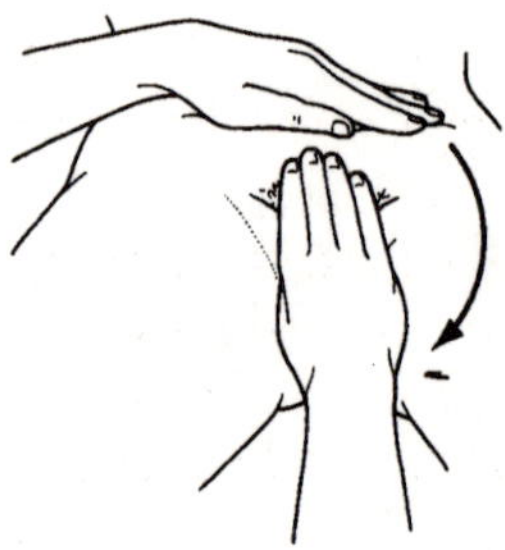

Le sculpteur

Position statique : le grand C

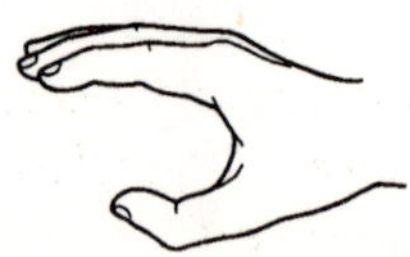

Cette caresse requiert deux positions des mains en alternance, l'une statique, l'autre dynamique.

• La position statique

Imaginez que la vulve de votre partenaire est une horloge. Votre main, doigts joints, se pose sur son sexe ; le bout des doigts se trouve sur son pubis. Votre pouce la pénètre à six heures, puis remonte jusqu'à midi (en passant par neuf heures).

Votre main refermée sur elle en « pince », vous

imprimez de petites pressions sur son sexe, pendant que votre pouce parcourt la moitié droite de son vagin (en passant par trois heures).

Votre pouce peut exercer une pression sur le point G. Vous intensifierez cette sensation en pressant le plat de votre main libre sur son bas-ventre. Pendant que vous massez l'intérieur de son vagin, appuyez sur son mont de Vénus avec vos doigts.

• La position dynamique

Votre pouce passe de midi à six heures, dans le sens des aiguilles d'une montre. Lorsque vous arrivez à six heures, insérez votre index, votre majeur et votre annulaire en elle pour remonter jusqu'à midi. De votre main libre, appuyez sur son abdomen en étirant la peau vers le nombril : cela avivera la sensation.

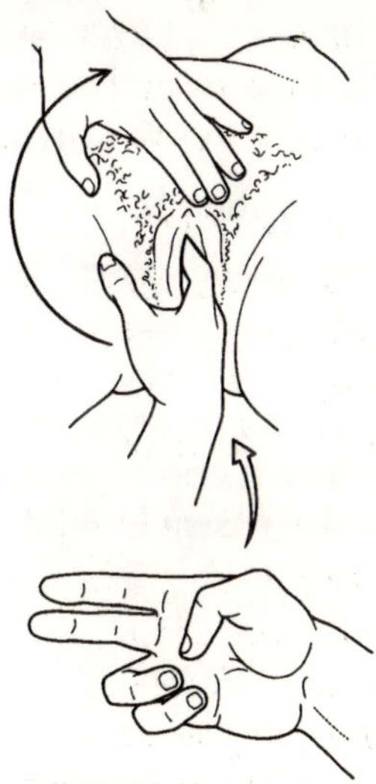

Position dynamique

SECRET D'ALCÔVE

Lorsque vous introduisez vos doigts en elle, usez plutôt d'un mouvement latéral répétitif (d'une paroi à l'autre) que vertical.

G-Man

Le G-Man requiert également deux positions des mains, A et B.

- Position A

Insérez en elle vos index et majeur, puis recourbez légèrement leurs extrémités vers l'intérieur, afin de toucher la région du point G. Appuyez sur son abdomen avec l'autre main pour intensifier la sensation.

- Position B

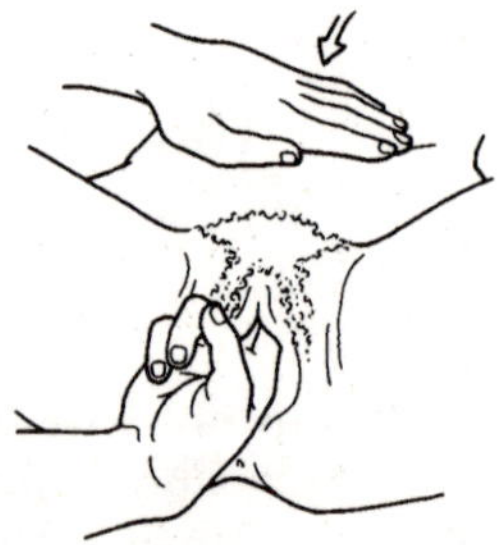

Position A

La main posée sur son ventre dispense une pression jouissive. L'index ou le pouce sont mis à profit pour stimuler le clitoris. Les doigts de l'autre main caressent le point G.

La grenouille

Si vous nagez la brasse, vous saurez la régaler de ce mouvement rythmé. Vous utiliserez le majeur et l'index. Ainsi, vous entrerez en contact avec diverses parties de son vagin. Vous pouvez alterner la grenouille avec le shimmy (tremblement), fixe ou glissant.

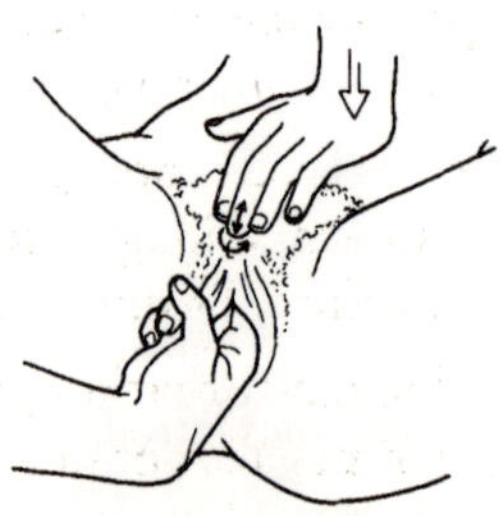

Position B

Ce qu'il faut savoir quand vous touchez son sexe

• Évitez les doigts papillonnants. Si elle déplace ses hanches d'un rien, il y a toutes les chances pour qu'elle veuille que vous restiez « juste là » où ce mouvement vous a placé. Alors, ne redescendez pas trois millimètres plus bas.

• Évitez le test d'hydrométrie. Qui consiste à :

1. L'embrasser sur la bouche.
2. Tordre ses mamelons.
3. Lui introduire un doigt.

La plupart des femmes ne trouvent pas cela excitant.

• Évitez de toucher son sexe et vous exclamer : « Oh, elle est prête ! » Vous lui donneriez l'impression d'être une machine. La solution : surveiller sa respiration. Plus une femme est détendue, plus son souffle se fait lent. Ce changement de rythme est l'indice qu'elle vous attend.

• Une femme stimulée physiquement ou mentalement commence à s'humidifier après trente secondes. Certaines femmes seront très lubrifiées, d'autres moins. Cela dépend de leur nature, et de divers facteurs – l'hydratation de leur organisme, la période de leur cycle. Cela concerne également les femmes ménopausées.

• Ne vous précipitez pas sur les points chauds. Caressez-la longuement. Sa peau vous offre une belle superficie. Profitez-en.

Une masturbation peut mener à tout, mais nombre de femmes aiment qu'elle soit suivie d'un cunnilingus. Le chapitre ci-après vous éclairera sur les délices inouïs que peut procurer la langue d'un homme.

6

QUESTION DE LANGUE : UNE EXTASE

Le plaisir par paliers

Votre bouche a le pouvoir de l'envoyer au septième ciel. Or, les hommes qui savent se servir de leur langue sont rares ; il suffit d'interroger des femmes pour s'en convaincre. Pourtant, elles adorent le cunnilingus. « Il n'y a rien de meilleur ! », s'est exclamée une participante à un séminaire. Une autre a renchéri : « Je ne saurais décrire ce qu'il faisait, mais c'était phénoménal ! Il prenait tout son temps ! »

Toute femme rêve d'un cunnilingus réussi. Aussi, je vous livrerai les informations nécessaires pour devenir un expert en la matière…

Si ces jeux de langue vous posent un problème, dites-le-lui, mais avec des gants : les femmes sont très sensibles à tout rejet de ce genre. Ne vous forcez pas. Si vous ne prenez pas de plaisir à telle ou telle caresse, votre partenaire le sentira. Et s'en agacera.

Certaines femmes hésitent à s'offrir à votre langue. Elles craignent que leur sexe ne soit pas « propre » ou bien elles s'imaginent que les hommes jugent cette pratique « dégoûtante ». Le puritanisme a fait des ravages à cet égard. Je l'ai dit : le sexe d'une femme en bonne santé est la partie la plus saine de son corps. De façon assez ironique, la cause majeure des infections génitales féminines est l'activité sexuelle. En effet, vous introduisez une substance étrangère, le sperme, dans le corps de votre partenaire. Les femmes peuvent également souffrir d'irritations dues à des produits contenant du Nonoxynol-9, nous l'avons vu. Un gynécologue affirme : « L'abstinence est le meilleur moyen de garder un vagin immaculé. »

Plusieurs participantes à mes séminaires m'ont avoué qu'elles redoutaient d'avoir une mauvaise odeur ou un goût déplaisant. Ceci est très personnel : il se peut que vous n'aimiez pas sa fragrance ou, au contraire, que vous la trouviez érotique. Tout comme elle sera sensible – ou non – à votre odeur.

Divers facteurs peuvent influer sur le goût de votre amante :

- des comprimés vitaminés ;
- des médicaments ;
- un régime ;
- la période de son cycle ;
- une infection ;
- son degré d'hydratation ;
- des mets épicés ou très assaisonnés ;
- l'alcool, les drogues, le tabac.

Le cunnilingus ne fait pas jouir toutes les femmes. Mais les virtuoses en la matière ont tout appris auprès des femmes, et non dans des livres ou auprès d'amis. L'industrie pornographique présente le cunnilingus comme une langue pointée en direction des parties génitales de la femme – rarement vers le clitoris ! De plus, les hommes avouent souvent méconnaître l'anatomie de leur partenaire et patauger un peu. Cela est très compréhensible. J'ai donné des précisions sur les organes sexuels féminins à cet effet.

SECRET D'ALCÔVE

Les animaux et autres insectes communiquent au moyen de certaines odeurs, dues aux phéromones – des substances chimiques. Ces phéromones affectent la croissance, la reproduction, le comportement.

Un conseil : oubliez les idées reçues concernant ces plaisirs particuliers. On a prétendu que le cunnilingus et la fellation étaient « contre nature ». Certains croient encore ces balivernes. Si cette pratique est contre nature, alors pourquoi, dans le règne animal, les mâles respirent-ils et lèchent-ils les parties génitales des femelles ? Il vous appartient de lever vos tabous – et les siens – à ce propos. Il est probable que ces activités vous procureront à l'un et à l'autre un plaisir inouï.

Commencez par lécher ses lèvres, puis tout son sexe. Humectez régulièrement de salive les zones concernées, afin qu'elles ne sèchent pas. Employez d'abord des mouvements de grande amplitude, puis limitez votre champ d'action au clitoris, que vous lécherez de plus en plus rapidement. Réservez le coup de langue en « battement d'aile » pour le dernier acte et, encore une fois, n'économisez pas la salive !

UN GOÛT D'INTERDIT

Étonnamment, les pratiques orales sont illégales dans vingt-trois États d'Amérique, dans le district de Columbia et dans les bases militaires.

L'hygiène

Le meilleur moyen de rester fraîche est de se laver régulièrement. Si vous avez des doutes à ce sujet, proposez-lui de prendre une douche avec elle. Une femme, dans un séminaire, m'a dit que son amant la couche sur le lit, remonte sa robe, puis la lave lentement avec un gant de toilette chaud et mouillé. Quand il a terminé, ils sont excités l'un comme l'autre.

Si vous optez pour la méthode précitée, n'utilisez pas de savon. Le PH du savon n'est pas compatible avec celui de la femme. Ce produit nettoyant bouleverserait ce milieu naturellement acide qu'est le vagin, afin de résister aux substances étrangères et aux infections. Le goût légèrement aigre des sécrétions vaginales est dû à l'acide lactique. Les vitamines changent le goût d'une femme – généralement pas en bien. Si votre amante a un goût un peu trop prononcé, conseillez-lui de manger des fruits.

Le triangle infernal

Certains hommes préfèrent une abondance de poils pubiens, d'autres non. D'autres encore rasent les lèvres de leur partenaire, et laissent un petit triangle de poils sur le devant. Si votre partenaire se rase le pubis, la « repousse » pourrait être irritante pour vous.

SECRET D'ALCÔVE

Si vous craignez qu'un poil égaré ne se retrouve sur votre langue, passez votre main dans sa toison. Elle prendra cela pour une caresse, alors que vous enlèverez les poils orphelins.

Après vous être rasé, passez votre menton sur l'intérieur de votre poignet : si vous sentez quoi que ce soit, elle le sentira aussi.

Dans un séminaire qui comptait trente-cinq hommes, j'ai posé une question indiscrète aux trois barbus de l'assistance. Oui, ils se servaient de leur barbe comme d'un outil érotique. « J'utilise même, dit l'un d'eux, un produit qui la rend encore plus douce ! » (la barbe).

En règle générale, mieux vaut demander l'avis de la principale intéressée.

Dénuder le clitoris

Des deux mains, étirez ses grandes lèvres vers le haut. Ou bien, demandez-lui de se maintenir ouverte. Il est préférable qu'elle soit sur le dos – et vous entre ses jambes.

ILS L'ONT DIT

« Plus ma partenaire s'excite, plus la température monte dans son vagin. Puis, elle s'inonde. Dois-je préciser dans quel état je suis à ce moment-là ? »

Positions

Petit aparté, avant de parler des positions les plus appropriées au cunnilingus : comment s'entraîner à la virtuosité linguale ? Un petit truc que m'ont recommandé plusieurs messieurs : mangez un cône glacé : les mouvements lents – ou pas si lents – et ascendants sont très appréciés. Pour plus de subtilité, essayez de laper un flan directement dans le pot – sans petite cuillère.

Les positions, donc. Il y en a cinq principales, avec des variations sur les mêmes thèmes.

LES CLASSIQUES

Dans les illustrations qui suivent, vous découvrirez la position standard : l'homme entre les cuisses de la femme, la bouche collée à son sexe. Ces sept positions sont toutes légèrement différentes, afin de varier les plaisirs. Il sera plus confortable de placer un oreiller sous ses hanches, et sous votre poitrine. Vous élargirez ainsi le champ d'action. Quant à votre partenaire, elle s'ouvrira davantage.

Sans détour (positions A et B). Ces deux positions permettent une caresse aisée de bonne amplitude (de bas en haut) et découvrent bien le clitoris. La femme

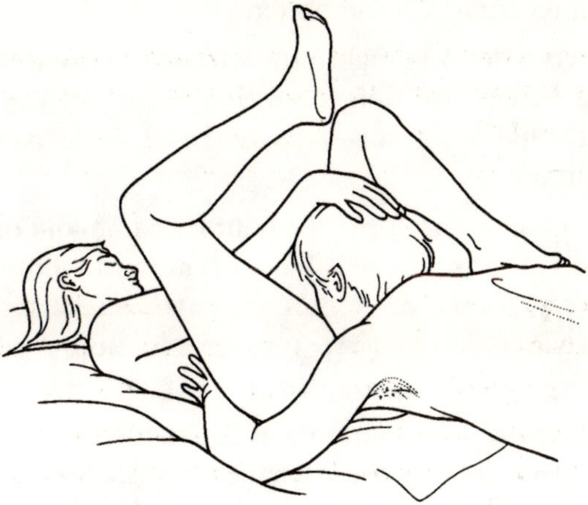

Sans détour, position A

Sans détour, position B

peut tenir ses cuisses ouvertes. Ou ses lèvres écartées, pour faciliter la tâche à son partenaire.

Aidez-vous de votre main. Votre pouce caressera son anus, ou bien deux doigts s'introduiront dans son vagin, et appuieront sur la partie basse de la paroi postérieure.

Croisé. Une bonne approche pour les dames qui ont un côté du clitoris plus sensible que l'autre. L'homme peut alterner entre deux mouvements : une caresse large, suivie d'un toucher plus précis, autour du clitoris.

Jambes jointes. Une bonne entrée en matière pour les femmes dont le clitoris, extrêmement sensible, ne supporte pas de stimulation directe.

Sa jambe sur votre épaule. Lorsqu'elle a placé une jambe sur votre épaule, orientez ses hanches de façon à la regarder en face. Les femmes se sentent ainsi plus proches de leur partenaire. Utilisez une caresse ascendante.

Collé-collé. Vous la lécherez de haut en bas, tout en la tenant dans vos bras.

La tête en bas. Comme dans la position de yoga. Certaines femmes adorent que vous les teniez fermement par la taille, tout en titillant leurs seins. Un mouvement de langue ascendant. Veillez à ne pas trop vous appuyer sur elle.

SECRET D'ALCÔVE

Quand une femme jouit à cause d'un cunnilingus, ses sécrétions vaginales sont plus concentrées et plus abondantes.

Croisé

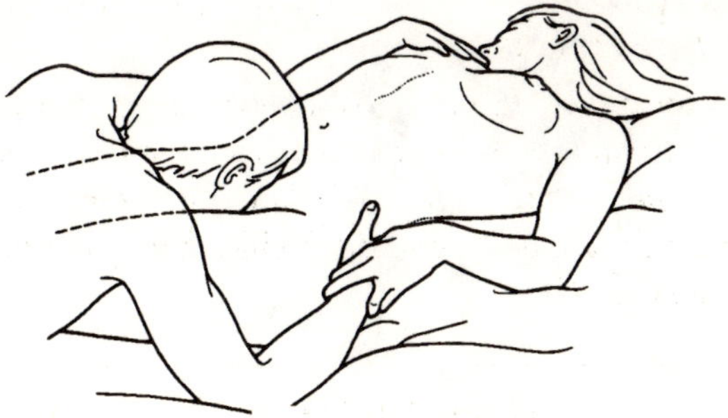

Jambes jointes

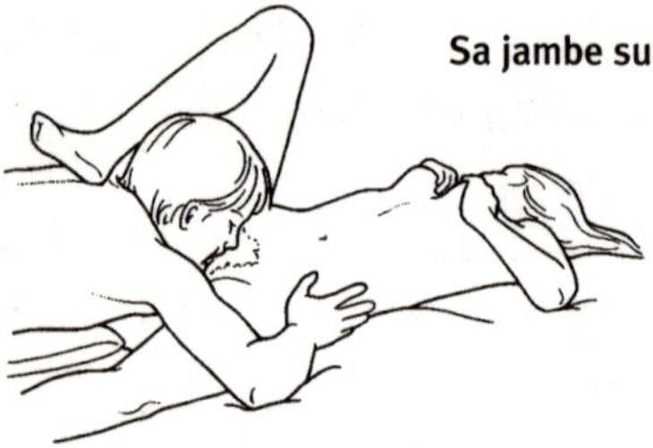

Sa jambe sur votre épaule

Collé-collé

La tête en bas

Sur le flanc – 69. Ces deux positions exigent de la concentration. Une femme rapporte : « Je ne réussis jamais à jouir pendant un 69. Je ne peux me concentrer sur mon propre plaisir s'il me lèche pendant que je le suce. »

Vous pratiquerez une caresse descendante. Veillez à ce qu'il y ait suffisamment de salive. Pendant que vous êtes en action, elle pourra s'occuper de votre pénis ou de vos testicules. Cette position permet d'éviter les contractures dans le cou.

Dans la position « sur le flanc », votre tête repose sur sa cuisse. « Ma langue reste plus humide et je la goûte mieux ainsi », déclare un homme. Profitez-en pour flatter ses fesses et son anus.

Quand la femme est sur l'homme, seule votre langue travaille.

L'arche. La femme a la tête en bas, l'homme est assis. Elle accroche ses chevilles au cou de son partenaire. Certaines femmes apprécient l'afflux, puis le reflux de sang lorsqu'elles se remettent sur le dos.

Assieds-toi sur mon visage (ATSMV) – Le papillon. Dans ces deux positions, la femme peut contrôler le mouvement de votre langue, décider de la vitesse et de la pression idoines.

- ATSMV : Placez un oreiller sous votre tête et votre cou. Non seulement vous serez plus à l'aise, mais encore, vous pourrez effectuer des caresses verticales. Ce faisant, caressez-lui les seins, ou bien écartez ses cuisses avec vos mains. Léchez-la de bas en haut, puis de haut en bas. Pensez également à la sucer. Elle se

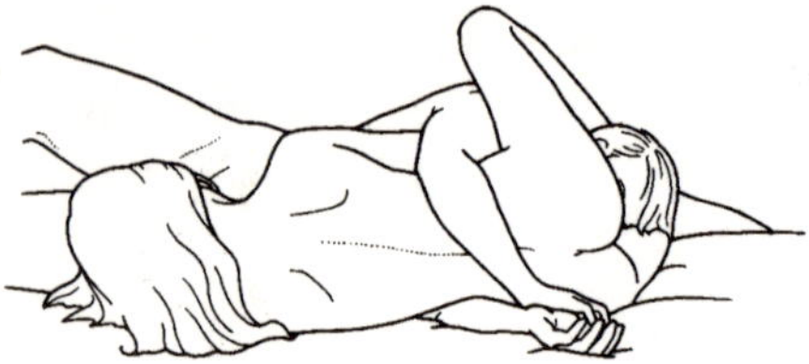

Sur le flanc

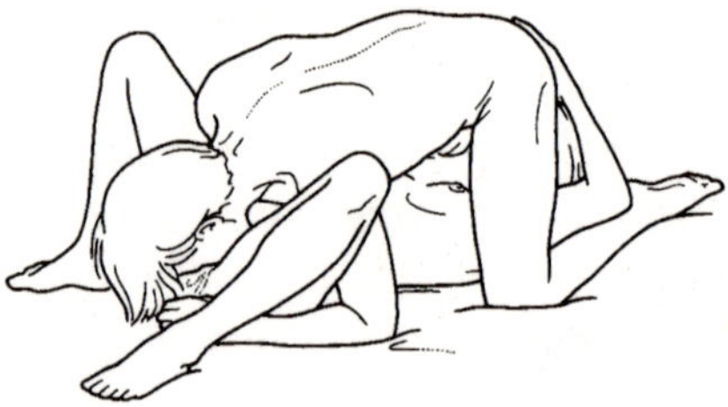

69

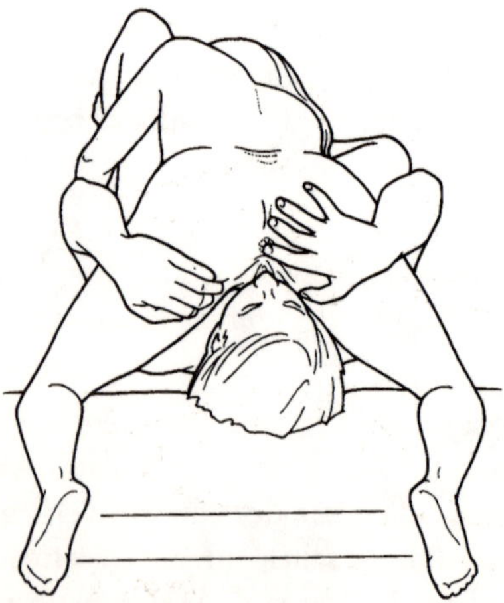

69 inversé

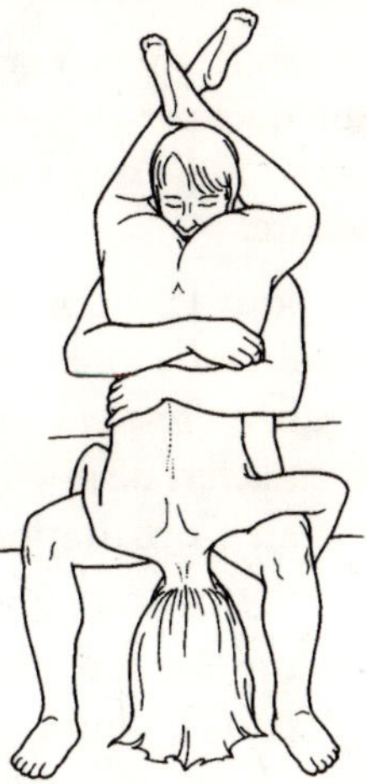

L'arche

ATSMV

Le papillon

concentrera sur son propre plaisir : elle n'est pas en position de vous faire quoi que ce soit.

• Le papillon. Le jeu favori de bien des femmes. Votre partenaire peut prendre appui sur quelque chose et contrôler l'évolution de la situation tandis que vous vous activez ; la caresse sera ascendante.

Par-derrière. Une position idéale pour les hommes qui aiment voir les fesses de leur amante. Effectuez une caresse légère. Toutefois, si vous vous intéressez à son anus, ne revenez pas sur sa vulve : le transfert de micro-organismes d'un lieu à l'autre risquerait d'occasionner une infection vaginale ou urinaire.

Vous ne disposez que d'un accès limité à son sexe, mais c'est une bonne position de départ. Comme l'a remarqué une femme : « J'adore ça. C'est tellement animal ! Cette caresse m'excite à chaque fois. » Si elle s'appuie sur ses épaules, elle peut s'écarter davantage avec ses mains.

La chaise – La position debout

• La chaise

Perchez-la sur un comptoir de cuisine ou ailleurs : vous la satisferez sans vous tordre le cou. Si elle est assise sur la table et vous sur une chaise, le bénéfice est triple : vous êtes à l'aise ; vous avez les mains libres ; elle peut se concentrer sur ce que vous lui faites.

• Debout

Une position acrobatique, idéale sous la douche, pendant l'habillage et le déshabillage. Avec un mouvement ascendant. Intéressant car aventureux – comme chaque fois que vous essayez une nouvelle position. Cela vous rendra plus imaginatifs l'un et l'autre. Et plus hardis. Mais gare au torticolis !

Caresses particulières

- Au-dessus du clitoris. L'attache de cette petite peau qui rappelle le prépuce est très sensible à une caresse rapide et latérale.
- L'ascenseur. Utilisez le dessus de votre langue dans un mouvement ascendant, et le dessous de la langue dans un mouvement descendant.
- Le typographe. Récitez votre alphabet sur un plan plus ou moins large. Demandez-lui de s'ouvrir davantage pour vous.
- L'aspirateur. Tout en succion. Faites-lui sucer vos doigts pour déterminer le degré de succion parfait.
- Le diamant. Aspirez son clitoris tout en donnant de petits coups de langue dessus.
- Les glaçons. Certaines femmes aiment ça, d'autres n'apprécient pas la sensation de froid.
- Le Picasso. Passez votre langue sur tout son corps, finissez sur son clitoris.

Petits conseils du camp adverse. La meilleure façon de la sucer : « J'ai demandé à mon amant d'embrasser mon sexe de la même façon que ma bouche, et de sucer mon clitoris comme ma langue. »

Quand les femmes s'écrient : « C'est bon ! » ou « Là ! », les hommes ont tendance à accélérer le rythme de leur caresse ou à accentuer la pression. Erreur ! Les femmes jouissent quand on les stimule un certain temps de la même manière et au même endroit.

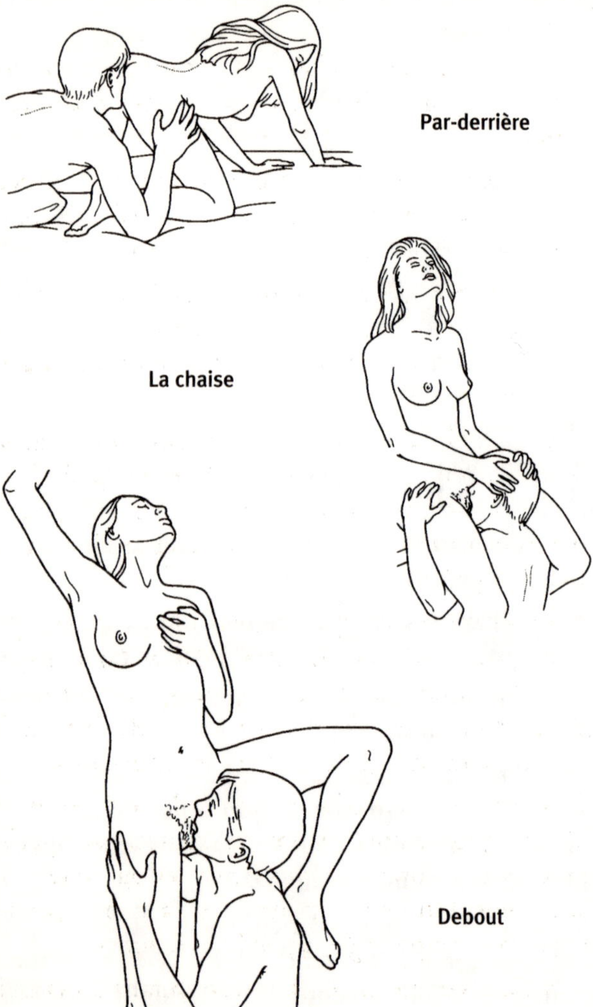
Par-derrière
La chaise
Debout

Si votre langue se fatigue, votre nez ou votre menton lui suppléeront.

Pendant que vous léchez son clitoris, exercez une certaine pression à l'entrée de son vagin avec votre menton.

Plus vous irez lentement, plus vous aurez de chances d'arriver à bon port. Au moment où elle va jouir, accélérez et stimulez directement le clitoris.

Les femmes regrettent souvent que leur partenaire soit « trop loin » durant un cunnilingus. Privilégiez les positions qui vous mettent davantage en contact avec votre partenaire.

Certaines femmes aiment les petits mouvements répétitifs, tandis que d'autres préfèrent la variété. Ou encore des caresses amples, dont le champ se resserre peu à peu… pour arriver sur leur clitoris. Informez-vous de ses goûts.

Les femmes mettent un certain temps à jouir par cunnilingus, particulièrement s'il s'agit d'une entrée en matière. Certaines femmes jouiront en un quart d'heure, d'autres en une demi-heure. Cela dépend de maints facteurs, notamment du degré de relaxation.

Écoutez sa respiration : plus elle est lente et profonde, plus votre amante est excitée. Lorsqu'elle approche de l'orgasme, accélérez et/ou variez le mouvement. Ou encore poursuivez la même caresse sur le même tempo : cela dépend des femmes…

Certaines femmes s'excitent trop durant un cunnilingus. Dans ce cas, variez l'intensité ou l'angle d'attaque de votre caresse, ou bien léchez une autre partie de son corps, afin que son sexe se calme un peu. Après un temps d'arrêt, elle sera encore excitée, et toujours capable de jouir.

Vous la sucez, mais elle sent qu'elle ne va pas jouir ? Mettez votre partenaire à l'aise : le fait que votre langue la fasse jouir ou non n'a aucune importance.

SECRET D'ALCÔVE

Il y a des femmes qui aiment qu'un homme « fredonne » sur elles.

Ne restez pas en panne

Soignez votre cou

Le cunnilingus requiert certaines contorsions, qui sollicitent la tête, le cou, la langue. Voici quelques solutions :

1. Des oreillers, des oreillers ! Usez-en, abusez-en !
2. Agitez la tête, cela évite les crampes.

Votre langue fatigue ?

1. Si votre langue se contracte, retournez-la contre votre lèvre supérieure. Elle pourra ainsi reprendre sa tâche.

2. Utilisez les deux « faces » de votre langue. Si elle faiblit durant une caresse latérale, effectuez un mouvement ascendant avec le dessus de cet organe mobile, puis redescendez avec l'autre face.

Vos mains vous assistent

1. Les mains et la bouche peuvent agir de conserve. Pendant que vos lèvres sont sur elle, massez son périnée avec le gras de votre pouce.

2. Pressez l'entrée du vagin avec votre menton, côté postérieur. Cela excite vivement certaines femmes.

3. Mettez votre menton dans votre main. Ainsi vous ménagerez votre cou – et utilisez votre index pour remplacer (un temps) votre langue.

Les poils

1. Rasez-vous la barbe, rasez-vous ! De très près.

2. Nombre d'hommes aiment peigner et raser les poils pubiens de leur partenaire. Ce peut être un prélude très excitant.

Bien des femmes adorent les jeux de langue. Alors n'hésitez pas à la satisfaire, pleinement, longuement, fréquemment… Le fait que vous la léchiez signifie pour elle que vous l'acceptez totalement.

7

COLLECTIONNER LES ACCESSOIRES ÉROTIQUES

On n'est jamais trop âgé pour s'amuser

En dix ans, la consommation d'accessoires érotiques a décuplé. Ce marché représente aujourd'hui cinq cents millions de dollars. Selon les spécialistes, il y a diverses raisons à cet engouement. « Les gens hésitent moins qu'avant à acheter ce genre d'objets, explique un fabricant. Dans le contexte actuel, il semble plus sage de rester monogame et d'avoir des rapports sans risques. Par conséquent, les couples cherchent à pimenter leur vie sexuelle. » Les gadgets érotiques sont en vogue. Cela dit, nos grand-mères et arrière-grand-mères utilisaient des vibromasseurs…

Ces produits ne sont pas destinés à remplacer une relation de couple passionnée. La plupart des participantes à mes séminaires aiment sincèrement les hommes et apprécient leur compagnie (et pour elles, la réciproque est vraie). Rien ne saurait remplacer les hommes, même s'il arrive aux femmes de ne pas les comprendre.

Si votre partenaire ou vous-même êtes peu familiarisés avec ce genre d'objets, présentez-les-lui avec tact. Certaines femmes pourraient s'imaginer que vous vous désintéressez d'elles, et qu'elles ne donnent pas entièrement satisfaction. D'autres se passionnent pour ce genre d'adjuvants, et le couple finit par les intégrer à ses jeux.

Dites-lui que vous désirez partager ces gadgets avec elle. Et que vous êtes assez libres l'un et l'autre pour faire de nouvelles expériences ensemble.

Vous n'êtes pas censé savoir utiliser ces choses parfois très bizarres. Je me rends deux fois l'an au Salon des objets pour adultes. Il m'arrive de découvrir des gadgets insensés – certains jouets destinés à la vente ne sont pas faits pour fonctionner. Quand une nouveauté me semble intéressante, je la soumets à l'examen de mes enquêteurs, qui la testent puis me donnent un avis. Les diagrammes et les descriptions ci-après vous familiariseront avec les objets les plus prisés.

Les vibromasseurs

Ces gadgets, généralement de la forme d'un pénis, sont faits dans des matières qui rappellent le plastique dur. Ils contiennent des piles, ou un moteur électrique qui leur permet de vibrer. Vous êtes réticent à l'idée que votre partenaire se serve d'un vibromasseur ? Rassurez-vous : ces objets ne sauraient vous évincer. Ils intensifient le plaisir d'une femme, et peuvent servir à la détendre. La façon la plus rapide de se masturber est d'utiliser l'un de ces jouets. Si vous les associez à vos jeux érotiques, ils vous aideront à lever les dernières inhibitions qui subsistent entre vous.

Le vibromasseur n'émoussera en rien la sensibilité de votre partenaire. Les femmes jouissent facilement en se masturbant avec cet accessoire. Pour trois raisons : l'intensité de la vibration, le fait que la femme qui l'utilise est souvent seule, donc plus détendue. Enfin, elle sait où placer le jouet, et quelle pression imprimer. Dans l'hypothèse où votre partenaire se serait rendue dépendante de ce genre de plaisir, aidez-la à s'en libérer.

Évitez d'utiliser les vibromasseurs silencieux. Ils sont à haute fréquence, et engourdissent les zones stimulées. Ce n'est pas le but recherché.

SECRET D'ALCÔVE

Toutes les femmes n'aiment pas les vibromasseurs. Il arrive que cet objet étranger les déconcentre.

Le vibromasseur a été inventé au XIXe siècle par des médecins américains, qui soignaient leurs patientes en les masturbant, afin de les détendre. L'un d'eux finit par inventer cet adjuvant pour l'assister. Des catalogues de vente par correspondance présentèrent les vibromasseurs comme des « produits ménagers ». Et vantèrent leur efficacité contre les maux de tête, l'asthme, les rides, et la tuberculose ! Ces objets sont tombés en disgrâce quand ils sont apparus dans les films pornographiques, leur utilisation n'ayant dès lors plus d'ambiguïté.

La plupart des hommes pensent que les vibromasseurs sont destinés aux femmes. Erreur ! Nombre de messieurs ont découvert les joies de la vibration électrique.

Quant aux utilisatrices de vibromasseurs, elles se divisent en deux camps : celles qui préfèrent une stimulation intense du clitoris et emploient des objets à petites têtes. Et celles qui apprécient les vibromasseurs plus gros, qui feront vibrer une zone moins localisée. Cela dit, vous pouvez la surprendre, alors improvisez !

Divers types de vibromasseurs

Ils existent en maintes couleurs, formes et tailles. On trouve également des modèles pour le voyage. Ils offrent une surface lisse ou irrégulière. Certains vibromasseurs disposent d'ajouts permettant de stimuler plusieurs points simultanément, comme le lapin. Voici une liste des gadgets favoris des femmes (et des hommes) participant à mes séminaires.

Les « bâtons magiques » ou vibromasseurs de forme classique. Ils sont souvent en plastique dur et fonctionnent avec des piles.

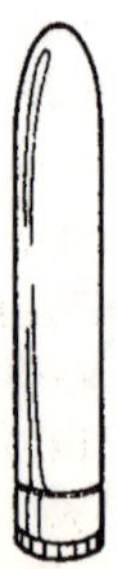

Les vibromasseurs à télécommande permettent de créer un effet de surprise.

Les vibromasseurs « waterproof » vous accompagneront jusque sous la douche ! Ce sont parfois des boules recouvertes de mousse, de dix centimètres de diamètre, que l'on utilisera sur tout le corps.

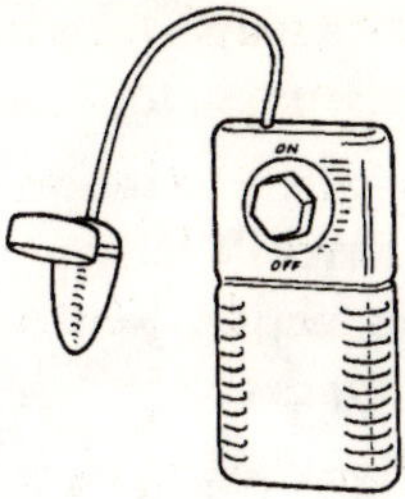

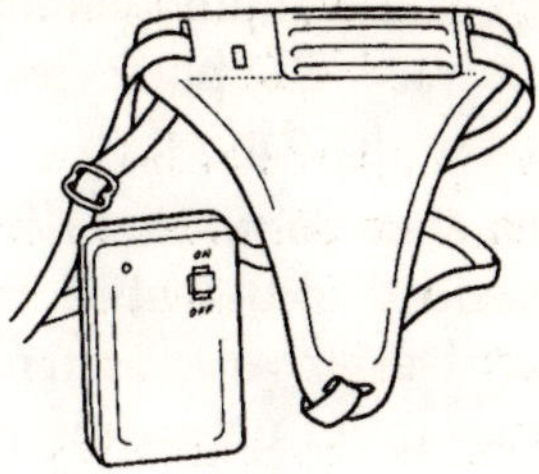

Vibromasseurs spéciaux

Une liste de modèles éprouvés qui plaisent aux États-Unis…

Vibromasseurs à harnais. Pour ceux qui aiment avoir les mains libres. Des bandes élastiques ajustées sur les cuisses permettent à la femme de déterminer l'endroit exact où la vibration opérera. Certains

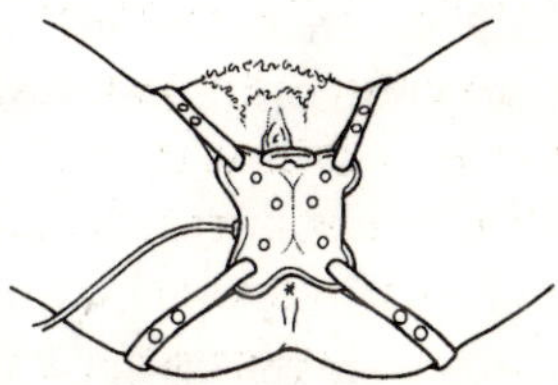

vibrateurs disposent d'une télécommande. Ainsi, l'homme peut les actionner à l'autre bout de la pièce. Attention : certains de ces objets télécommandés fonctionnent sur la même fréquence que les dispositifs permettant d'ouvrir les portes de garages à distance !

Bâton magique Hitachi. Ce vibromasseur, vendu pour le massage du corps, dispose d'une tête ronde et molle de la taille d'une balle de tennis. Il diffuse des vibrations très intenses. Le fabricant ne pensait sans doute

pas disposer d'un marché autre – et aussi lucratif ! C'est l'un des plus gros vibromasseurs. Donc très apprécié des dames.

Fusée de poche ou balle d'argent. Avec le précédent, deux vibromasseurs de petite taille. Laissez votre partenaire vous guider : il y a souvent un endroit et un mouvement rêvés. Vous pouvez également l'utiliser sur votre scrotum, en employant de petits mouvements circulaires. Ou encore exciter votre périnée avec des pressions plus fortes.

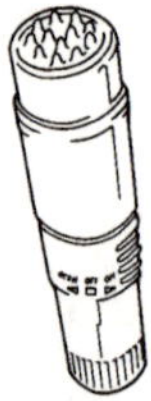

Le lapin. Considéré comme la Rolls du vibromasseur, le lapin a l'avantage de pouvoir stimuler les deux partenaires en même temps. Il dispose par ailleurs d'une télécommande. Afin d'en jouir au maximum, utilisez l'option vibration – il existe une option ondulation, que vous oublierez si vous êtes deux. La femme insère le godemiché dans son vagin, vous vous couchez sur elle. Le nez ou les oreilles du lapin excitent son clitoris, tandis que le dos de l'animal stimule votre scrotum.

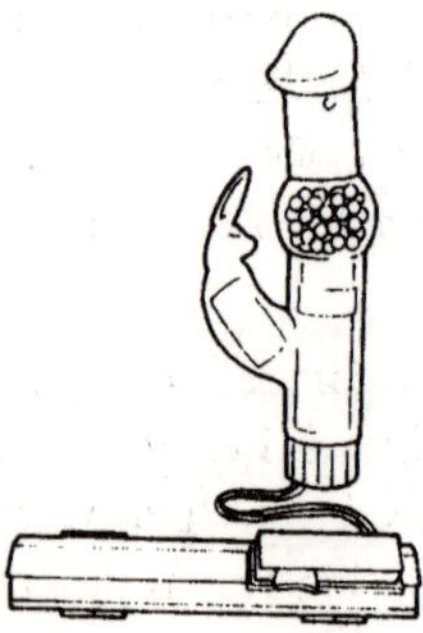

Micro Clit. La matière de ce jouet (une mousse élastique et molle) en fait un adjuvant étonnant. Il se porte à la base du pénis. Ainsi, quand vous êtes en elle, la petite boule argentée repose sur son clitoris.

Vibromasseur point G. Ce vibromasseur est doté d'un petit bras incurvé, afin d'atteindre plus aisément le point G.

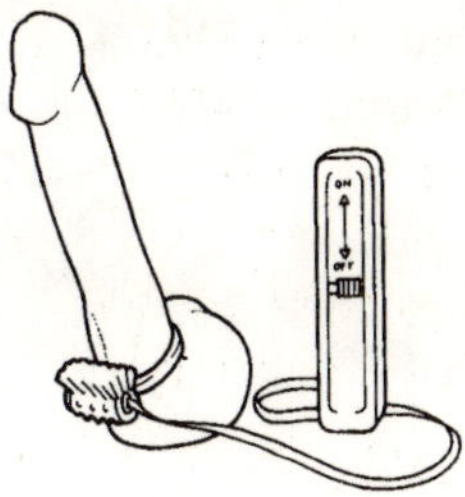

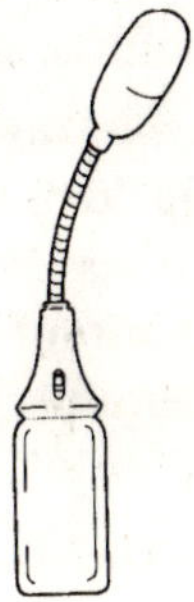

Godemichés

Hormis la vibration, ils accomplissent les mêmes exploits que leurs cousins précités. Souvent confectionnés dans des matières plus souples (caoutchouc, silicone), ils comblent les dames pendant que leur partenaire est occupé ailleurs.

Il existe des phallus artificiels de forme incurvée, afin de stimuler plus facilement le point G. Les godemichés montés sur harnais sont très prisés. Ce gadget permet à chaque partenaire de pénétrer l'autre. Il y a des hommes qui apprécient le fait d'inverser les rôles. Grâce à cet accessoire, un homme pourra régaler sa partenaire d'une double pénétration.

« C'était tellement bon ! », m'a confié l'un de mes clients. Elle avait l'impression d'être « vraiment prise ».

L'un de ces godemichés avec harnais, l'« accommodateur », se fixe sur le menton. Ce phallus en caoutchouc a été inventé au XVIIIe siècle par un Français afin « de parfaire la nature ». Cet objet permet de pénétrer la dame pendant un cunnilingus – et de garder les mains libres.

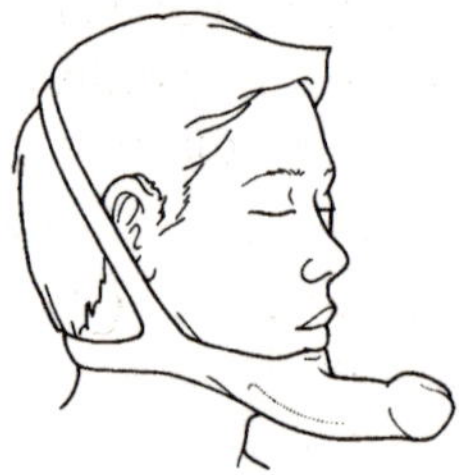

Les hommes qui ont eu le courage de l'essayer affirment qu'ils n'étaient pas gênés par les sangles autour de leur tête. Quant aux positions, improvisez !

Jouets pour adultes

Les anneaux péniens

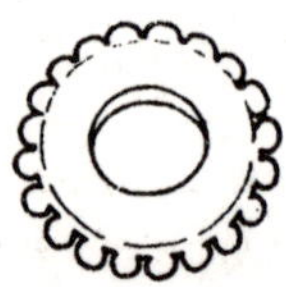

L'idée : conserver une érection le plus longtemps possible et retarder l'éjaculation. L'excitation sexuelle fait affluer le sang dans les corps caverneux du pénis, qui se gonfle et durcit. La gravité ou l'excitation décroissante chassent le sang du pénis. L'anneau pénien (cock ring ou calamari) empêche ce reflux, en pinçant les veines, de chaque côté du sexe en érection. Lorsqu'un homme le porte autour de la verge et sous le scrotum, l'anneau tient les testicules à distance du corps, différant ainsi l'éjaculation. Les participants à mes séminaires recommandent des objets souples, et non du métal.

> **SECRET D'ALCÔVE**
>
> *Les anneaux préférés des enquêteurs sont des bagues molles et très flexibles.*

Comment utiliser les anneaux péniens

1. Afin de les enfiler plus aisément, appliquez un lubrifiant sur l'anneau et sur votre pénis. Pensez à utiliser un produit à base d'eau, l'huile attaquant le latex et le plastique.

2. L'idéal est de placer l'anneau sur la verge et sous les testicules. L'homme ajustera la bague lui-même derrière le scrotum.

3. Dans un premier temps, utilisez ce gadget durant le prélude, puis employez-le pendant les rapports sexuels.

4. Certains couples commencent à faire l'amour avec un anneau pénien, puis le retirent avant l'orgasme. D'autres préfèrent l'enfiler au cours des ébats et le laisser jusqu'à la fin.

5. Le scrotum et le pénis peuvent prendre une couleur plus sombre pendant que l'anneau est en place – le sang est emprisonné dans la verge. On ne devrait pas porter un calamari plus de vingt-cinq minutes sans l'enlever ; et faire une pause de quelques minutes avant de le remettre.

6. Après avoir utilisé l'anneau pénien, lavez-le avec un savon antibactérien. Vous pourrez alors vous en resservir.

LES MANCHONS SOUPLES

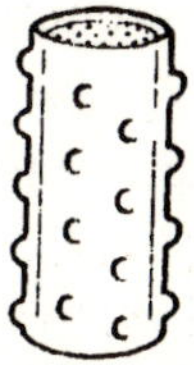

Les manchons souples (ou *rigatonis*), gadgets en plastique souple et doux couverts d'aspérités, douces, elles aussi, se portent sur les doigts ou sur le pénis. Lors d'une masturbation, ou pendant les rapports sexuels.

Ces petits jouets s'utilisent comme suit.

1. L'homme régale sa partenaire. Idéal pour exciter la région clitoridienne, le *rigatoni* est encore meilleur avec un lubrifiant. Certains hommes en utilisent deux à la fois, afin de stimuler l'intérieur des deux petites lèvres simultanément. « Il était habile de ses mains, commente une femme, maintenant, c'est un magicien ! » Ce manchon granuleux se place sur le pénis durant les rapports sexuels et privilégie les pénétrations lentes et profondes.

2. La femme s'occupe de l'homme. Elle glisse un ou deux doigts dans cette manchette magique et… se montre inventive.

3. Seul – afin d'expérimenter les diverses sensations possibles.

Le drap qui cloue

Il fut inventé par un officier de la marine américaine, qui avait vu un homme s'attacher à un mur de Velcro dans un film. « Ce serait génial si l'on pouvait faire la même chose avec sa petite amie ! », pensa-t-il. Il en parla à ses collègues, la femme d'un officier confectionna un drap doté de menottes en Velcro.

Ces draps-housses en velours sont dotés de quatre supports pourvus de liens en Velcro. On attache ainsi la femme (ou l'homme) sur le lit dans la position désirée. Les personnes tentées par le sado-masochisme peuvent s'y initier de cette façon.

SECRET D'ALCÔVE

Ceux qui débutent dans le bondage peuvent utiliser du papier toilette : ils auront ainsi l'impression d'être prisonniers sans ressentir une réelle menace.

L'ÉLASTIQUE, OU L'EXPÉRIENCE DU SEXE EN APESANTEUR

Ce joujou coûte dans les 300 euros mais vous garantit des frissons extra-terrestres ! Il s'agit d'une version sexy du saut à l'élastique. Il se fixe au plafond.

Lorsqu'elle est assise dans le harnais, vous la pénétrez sans effort. Les hommes et les femmes adorent cette impression de légèreté. Cela avivera vos sensations – surtout si vous êtes des amateurs de hamacs et de balançoires.

Vérifiez toutefois la solidité du plafond avant d'y arrimer l'objet de votre passion…

VISION ÉLARGIE

« Un produit pour les adeptes du cunnilingus », lit-on sur l'emballage. Ce gadget, composé de deux

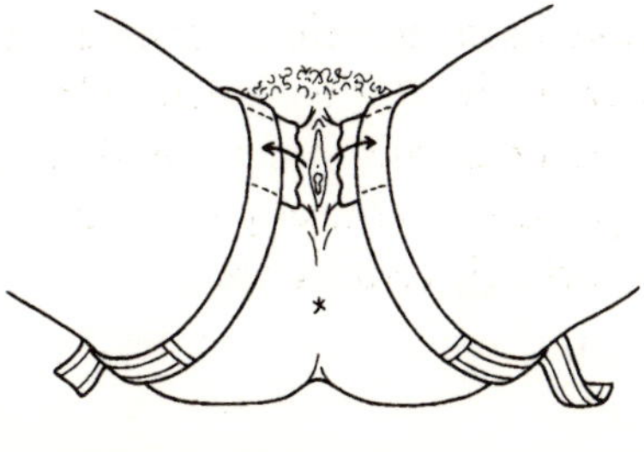

lanières de cuir noir, permet d'écarter les lèvres d'une femme. Chaque lanière est pourvue d'une petite « main » en cuir, qui maintient ouverte chaque grande lèvre.

Le fait d'étirer la vulve la rend plus sensible. De plus, vous avez ainsi les mains libres. Ce jouet existe en trois coloris : noir, rose ou violet.

Contacteurs et perles anales

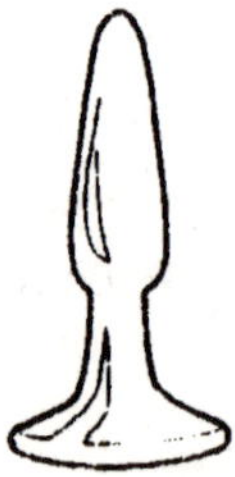

Les gadgets favoris des femmes qui aiment la sodomie. Leur partenaire peut intensifier le plaisir en les pénétrant par voie vaginale – après avoir introduit les jouets dans leur rectum. Ces accessoires stimulent également la prostate. Les perles et le contacteur s'utilisent avec un lubrifiant.

Les contacteurs, destinés à l'anus, évasés à la base, ne peuvent pénétrer totalement dans cet orifice. Ce sont souvent des cônes inversés. Une fois introduits, le sphincter les maintient en place.

Il y a en réalité deux sphincters anaux. Nous contrôlons le muscle circulaire, qui maintient le rectum fermé. L'autre sphincter ne nous obéit pas ; nous ne pouvons le détendre. L'un de mes clients suggère d'« insérer un doigt pendant une minute, puis deux doigts durant deux minutes ». (Ne bougez pas ces doigts.)

Les perles anales sont en plastique ou en métal, et enfilées sur une cordelette. On les introduit dans l'anus, sauf une, puis on les retire avant ou au moment de l'orgasme, quand les muscles du vagin subissent des spasmes. « Quand il les enlève, j'ai un nouvel orgasme », rapporte une Californienne de trente-sept ans.

Impératif !

1. Vos jouets doivent rester propres. Lavez-les dans l'eau chaude avec un savon antibactérien avant et après usage.

2. N'utilisez que des lubrifiants à base d'eau : l'huile attaque le plastique.

3. Placez un préservatif sur les phallus artificiels : cela facilite le nettoyage.

4. Rangez vos jouets dans des sacs différents selon leur usage. Si votre femme aime la pénétration anale, n'introduisez pas ce godemiché dans son vagin.

5. Conservez vos gadgets dans un endroit sec et à l'abri de la poussière.

6. Ne partagez pas vos jouets. C'est l'exception qui confirme la règle.

8

COMMENT LA FAIRE JOUIR

La magie de l'orgasme

Ce chapitre traite de l'orgasme et de sa magie. De l'orgasme de votre amante, plus spécifiquement. Et des réalités à prendre en compte pour la faire jouir plus intensément. Je vous exposerai divers moyens de l'amener à la jouissance suprême. Je parlerai d'elle. J'évoquerai votre orgasme. Je vous apprendrai à mieux maîtriser l'éjaculation.

Un orgasme transporte, soulage, transcende. C'est la chose la plus naturelle du monde. Pourtant, sa précocité, sa lenteur à venir ou son absence peuvent être anxiogènes. Nous subissons souvent une pression inutile et déprimante à ce propos. Nous sommes « tenus » de :

- réaliser une performance ;
- avoir des orgasmes à répétition ;
- jouir au bon moment ;
- jouir comme les autres ;
- jouir avec son (sa) partenaire.

Les femmes se sentent à cet égard particulièrement sollicitées. « Mon ex-petit ami tenait absolument à ce que je jouisse. J'ai fini par feindre l'orgasme, par ne plus prendre de plaisir. Et par rompre avec lui. » Pensez aux magazines féminins : les « tests » à ce sujet abondent. On trouve des questions du genre : « Quelle est la fréquence de vos orgasmes ? Êtes-vous vaginale ou clitoridienne ? Le point G vous procure-t-il des orgasmes intenses ? »

Une étude récente publiée dans le *New York Times* précise que 26 % des femmes n'ont jamais d'orgasmes. 23 % d'entre elles concèdent que le sexe ne leur procure aucun plaisir, et 33 % des hommes avouent être des éjaculateurs précoces.

Que signifient ces statistiques ? D'une part, elles montrent que l'insatisfaction sexuelle n'est pas rare aux États-Unis, aussi bien pour les hommes que pour les femmes. D'autre part, elles prouvent, de façon indirecte, que les hommes, tout comme les femmes, se sentent contraints d'effectuer des performances et d'avoir des orgasmes. Le *Journal de l'Association des médecins américains* a publié les résultats d'une étude sur la sexualité en août 1999. Il en ressort que les dysfonctionnements sexuels sont très souvent dus à de mauvaises expériences dans ce domaine. La vie sexuelle d'une femme est en grande partie régie par ses émotions et son état psychologique. Plus elle est nerveuse, plus elle aura de difficultés à jouir. Cela dit, quand vous aurez compris le mécanisme de la jouissance chez la femme, vous saurez lui donner un plaisir intense.

Vous lui faites – et vous « vous » faites – du tort en attachant une telle importance à l'orgasme. Pensez à la joie, au plaisir, au rire, à l'excitation liés à une rencontre sexuelle. Le professeur Beverly Whipple, secrétaire de l'Association mondiale de sexologie, estime que nous devrions « rechercher le plaisir dans la sexualité et non tenter d'atteindre un objectif ». Elle pense également que chacun est seul juge de la qualité de ses relations sexuelles. Je partage son point de vue.

Une nouvelle approche

Comment parler de cet orgasme « tout-puissant » en lui ôtant sa dimension mythique, pour le ramener à des proportions humaines ? Tout d'abord, prenez conscience de la pression qui pèse sur vous et œuvrez à la faire disparaître. Le meilleur moyen est d'aborder la sexualité sans rien en attendre d'éblouissant. Ainsi l'orgasme dictatorial perdra-t-il une part de son pouvoir… Et, ô surprise ! Vous jouirez d'autant plus. Si vous faites l'amour sans penser à jouir, vous serez plus spontané(e). Un agent immobilier de Houston résume la question comme suit : « Nous avons des mômes qui cavalent partout dans la maison. Aussi nous bâclons les choses quand l'un d'entre nous ne peut attendre. Le samedi soir ou le dimanche matin, nous prenons notre temps. Et là, tout est différent : les sensations, la fusion, les orgasmes. »

Je ne le répéterai jamais assez : si votre partenaire est détendue, il y a de fortes chances qu'elle ait un orgasme. Une avocate de Pittsburgh raconte : « Je n'avais jamais joui avec un homme jusqu'au jour où mon petit ami de l'époque, un jeune homme, m'a léchée. Je me suis totalement abandonnée à la sensation, et pfuiit ! au moment où je m'y attendais le moins, j'ai joui. Par surprise, en quelque sorte. »

Autre point essentiel : accordez aux préliminaires la place qu'ils méritent. Concentrez-vous sur l'instant, au lieu de rêver de la suite. Vous la ferez jouir avec vos doigts ou avec votre langue – dans un premier temps. Cela n'exclut nullement les plaisirs à venir. Par ailleurs, les hommes ont tendance à jouir plus vite que les femmes. Aussi, occupez-vous d'elle avant de penser à vous. (Nous parlerons des orgasmes simultanés dans le chapitre suivant.) Si vous adoptez ce point de vue altruiste, votre amante vous le rendra au centuple.

SECRET D'ALCÔVE

Les hommes jouissent généralement plus vite que les femme, mais pas systématiquement ! De plus, ils peuvent apprendre à retarder leur éjaculation.

Le fait d'amener votre partenaire à ce point de non-retour requiert 95 % de détermination et de dévouement, et 5 % de talent. Étudiez sa géographie intime, ses goûts particuliers : le talent viendra.

Questions de timing

Oublions les idées reçues : toutes les femmes ne sont pas (seulement) clitoridiennes. Une architecte de Dallas raconte : « Plus je suis excitée, plus j'ai hâte qu'il me pénètre ! » Une autre participante à un séminaire déclare : « Il y a des moments où je brûle littéralement d'envie qu'il me prenne. Même s'il m'a déjà fait jouir en me léchant, je ne suis satisfaite que s'il me pénètre. » Une troisième femme présente les choses de façon plus prosaïque : « Il m'arrive de lui dire : "Je veux que tu jouisses ! Tout de suite !" »

Le cycle menstruel peut également déterminer le(s) moment(s) idoine(s). Il arrive qu'elle ait subitement envie de vous. Ou bien qu'elle soit distante, irritable et peu disposée à des ébats. Vous avez tous entendu parler du syndrome prémenstruel : il affecte certaines femmes plus que d'autres. Comprenez, messieurs, que ses changements d'humeur (et son appétit sexuel) sont tributaires de phénomènes biologiques.

La menstruation n'est que la phase la plus évidente du cycle féminin, qui dure de vingt-quatre à trente-deux jours. Il commence le premier jour des règles et se termine le premier jour des règles suivantes. La première phase du cycle, ou phase folliculaire, dure douze jours au plus. La paroi de l'utérus s'hypertrophie, ce qui cause des saignements dans la dernière partie du cycle. Ces écoulements sanguins durent de trois à cinq jours. Ce moment est généralement propice aux rapports sexuels. En effet, un orgasme peut calmer d'éventuelles contractions utérines. D'autre part, les risques de grossesse sont quasiment nuls à cette période. C'est à la fin de cette phase que le taux d'endorphines est le plus élevé, ce qui augmente les sécrétions vaginales.

La phase lutéotrope, ou ovulation, va du treizième au quinzième jour. C'est le moment où la femme est disposée à procréer. Les sécrétions vaginales ont alors une consistance de blanc d'œuf cru. Un ovule descend dans l'une des trompes de Fallope et le mucus cervical se fluidifie, facilitant l'accès des spermatozoïdes à l'ovule. Le taux de testostérone de la femme augmente. Cela explique que l'excitation sexuelle soit à son comble ces trois jours.

La dernière phase se situe entre le seizième et le trentième jour. Si la femme a été fécondée durant l'ovulation, l'œuf grossit. Le taux de progestérone est alors élevé. Cette hormone fait épaissir la paroi utérine et inhibe la production d'endorphines, qui empêcherait la nidation de l'œuf fécondé. À cette période du mois, votre femme peut être irritable et souffrir du syndrome prémenstruel, qui cesse généralement dès les premiers saignements.

Différents types d'orgasmes féminins

Les orgasmes féminins ont le clitoris, le vagin, le point G pour point de départ. Une stimulation des mamelons peut également déclencher un orgasme – il arrive même qu'un massage du crâne provoque la jouissance. Les femmes sont bien plus cérébrales que les hommes…

L'ORGASME CLITORIDIEN

L'orgasme clitoridien est le plus fréquent chez les femmes, et souvent leur orgasme le plus violent. La plupart d'entre elles ont besoin d'une stimulation clitoridienne pour jouir « vaginalement », avant ou pendant la pénétration.

Certaines femmes aiment qu'on leur caresse le clitoris de façon douce et légère dans un premier temps, puis de manière plus appuyée. D'autres désirent que ce toucher aérien dure jusqu'à la fin. D'autres encore préfèrent une stimulation vive dès le départ. Demandez-lui ce qu'elle aime, ou regardez-la se masturber.

La majorité des femmes jouissent grâce à une masturbation ou un cunnilingus, et non par pénétration. Si une femme apprécie d'être pénétrée pendant qu'on la masturbe, la position dans laquelle la femme est sur l'homme permet de la satisfaire plus aisément. (Voir le chapitre 9 pour plus d'informations sur les positions.)

SECRET D'ALCÔVE

Le clitoris est l'unique partie du corps humain dont la seule fonction est de donner du plaisir.

L'orgasme du point G

Vous avez lu le paragraphe consacré au point G. Vous savez donc le localiser. Si votre femme a de la peine à l'identifier, insérez un doigt en elle, puis recourbez ce doigt contre la paroi antérieure de son vagin, côté ventre. Le point G ne se trouve pas « dans » le vagin : on le sent « à travers » la paroi vaginale.

Lorsqu'on l'excite, cette zone procure du plaisir, et des orgasmes, mais ne vous focalisez pas là-dessus : les femmes jouissaient avant qu'on ne découvre le point G…

Les meilleures positions pour stimuler le point G durant le rapport sexuel sont les suivantes :

1. Par-derrière.

2. La femme sur l'homme – face à lui, ou mieux, face à ses pieds.

3. L'homme sur la femme – qui relèvera les jambes et les appuiera sur les bras ou les épaules de son partenaire.

SECRET D'ALCÔVE

Certains scientifiques estiment que 40 % des femmes ont éjaculé au moins une fois en jouissant. D'autres avancent un chiffre bien moindre. (Source : Le Nouveau Rapport de l'Institut Kinsey sur le sexe, 1990)

L'orgasme vaginal

Cet orgasme passe par les trajets nerveux des régions pelvienne et hypogastrique, comme celui du point G.

Il advient également en contractant le muscle coccygien durant la pénétration. Un mouvement rythmé, soit rapide, soit plus lent, stimulera les terminaisons nerveuses. Les femmes décrivent cet orgasme comme très profond et venant de l'intérieur.

Technique d'alignement coïtal

Cette technique requiert l'alignement de son clitoris et de votre os pubien, à la base de votre pénis. Le pubis de l'homme est recouvert de tissu adipeux, donc confortable. Pénétrez-la profondément et maintenez un contact constant entre son clitoris et votre pubis. Passez et repassez sur son clitoris : il y a toutes les chances pour qu'elle jouisse.

Orgasme cervical

Certaines femmes jouissent d'une pression constante sur le col de l'utérus. On stimule ainsi le trajet du nerf pelvien.

Orgasme urétrin

Une stimulation de l'urètre peut conduire à l'orgasme. Ce petit conduit est entouré par le « corps » du clitoris sur trois côtés. Les mouvements de va-et-vient de la pénétration – de même que le cunnilingus ou la masturbation – excitent l'urètre, situé entre le clitoris et l'entrée du vagin.

ILS L'ONT DIT

« Nous savons que chaque femme a une façon particulière de jouir. Si particulière en fait, que Hartman, Fithian et Campbell, d'éminents sexologues, l'appellent "l'empreinte orgasmique". Chaque empreinte orgasmique est unique, comme les empreintes digitales. »

(Professeur Lonnie Barbach.)

Orgasme des seins

Certaines femmes, sensibles et cérébrales, jouissent quand on leur suce ou qu'on leur caresse les seins.

Stimulation intégrale

Bien des femmes affirment qu'une stimulation du corps entier peut conduire à l'orgasme. Elles ressentent ce plaisir suprême dans le pelvis, ce sont vos mains et votre langue fureteuse qui provoquent cette sensation.

SECRET D'ALCÔVE

Les hommes, comme les femmes ont un muscle d'amour : le muscle coccygien. Quand un homme contracte ce muscle, son pénis tressaute. Une femme peut tonifier le sien en empêchant l'émission de l'urine. Un bon exercice consiste, pour l'homme, à placer un gant de toilette sur le pénis en érection et à faire des « pompes ».

L'ÉJACULATION FÉMININE

Certaines femmes émettent un jet de liquide lorsqu'elles jouissent. Ce n'est pas de l'urine, mais un fluide provenant des glandes paraurétrales. Ces glandes, au nombre de 150, situées sur les côtés de l'urètre, sont toutes connectées à ce conduit. Le professeur Paco Cabello, un chercheur espagnol, a effectué une étude sur des échantillons d'urine de femmes avant et après un rapport sexuel. Dans l'urine émise après un rapport sexuel, il a identifié des antigènes spécifiques de la prostate. Une raison de plus pour considérer le point G comme la prostate féminine.

Il y a des femmes qui éjaculent régulièrement, d'autres occasionnellement, d'autres jamais.

Un participant à mes séminaires raconte : « Ma femme a vivement réagi à une stimulation des mamelons. Elle s'est mise à couler. Elle a mouillé non seulement les draps, mais le matelas. »

Cette anecdote prouve que certaines femmes sont réceptives à des caresses bien appliquées.

C'est dans vos gènes

Chez l'homme comme chez la femme, l'orgasme se propage sur le trajet de deux nerfs, le nerf pelvien et le nerf honteux. Ces chemins de la jouissance étant divers, les deux sexes ressentent l'orgasme différemment.

Comme le dit le professeur Lonnie Barbach, dans son livre *L'Un pour l'autre*, « le nerf honteux a des terminaisons dans le clitoris, le muscle coccygien, les petites lèvres, la peau du périnée et celle entourant l'anus. Le nerf pelvien aboutit dans le vagin et dans l'utérus. Le nerf honteux compte beaucoup plus de fibres sensorielles que le nerf pelvien. De plus, il possède des terminaisons très sensibles au toucher. D'où la réceptivité des femmes à une stimulation du clitoris ? On s'interroge. Ces deux nerfs induisent des sensations variées : orgasme vaginal et orgasme clitoridien ? Possible. Ils se chevauchent dans la moelle épinière. D'où l'occurrence d'orgasmes conjoints, à la fois vaginaux et clitoridiens. »

Lors d'un orgasme clitoridien, l'influx nerveux se propage le long du nerf honteux. L'orgasme vaginal et celui du point G impliquent le nerf pelvien. La femme a la sensation qu'on lui « arrache » un orgasme clitoridien, alors que l'orgasme vaginal se diffuse vers l'intérieur. Chez les hommes, l'érection concerne le nerf honteux. L'excitation du point G masculin, ou prostate, passe par le nerf pelvien.

SECRET D'ALCÔVE

Il se produit un orgasme conjoint quand les deux nerfs « sexuels » sont stimulés en même temps : chez les femmes, le clitoris et le point G, chez l'homme le pénis et la prostate.

L'ORGASME DE L'HOMME

Je ne vous ai pas oubliés ! Sans doute l'orgasme n'a-t-il plus de secret pour vous ? Quoi qu'il en soit, il existe des techniques favorisant l'érection longue durée – pour le bonheur des dames.

L'orgasme masculin se déroule en deux temps. Selon le professeur Barbara Keesling, auteur de *Comment faire l'amour toute la nuit*, il y a d'abord émission de sperme : le canon se charge de liquide séminal, recueilli dans la prostate. Après quoi, vient la phase d'expulsion : le canon fait feu, la semence jaillit, créant des spasmes dans tout le corps. Le processus complet de l'éjaculation, émission et expulsion, prend environ deux secondes. Comme le dit Keesling : « Pour maîtriser sa jouissance, un homme doit en comprendre le processus, notamment la durée. La contraction du muscle coccygien durant l'expulsion du sperme est involontaire chez la plupart des hommes. Dès qu'il contrôle ce muscle, un homme est capable de retarder ou d'éviter l'éjaculation. » Un apprentissage progressif qu'il effectuera seul ou avec sa partenaire. Le but est de tonifier le muscle coccygien ; au moyen de l'exercice du gant de toilette, par exemple. L'homme connaîtra des orgasmes multiples et jouira d'une plus grande vigueur sexuelle.

Les hommes semblent se préoccuper – inutilement – du nombre d'éjaculations qu'ils sont capables d'avoir en une nuit. Demandez l'avis des femmes : la plupart d'entre elles vous diront qu'une seule fois suffit. En prenant de l'âge, les hommes n'ont plus qu'une éjaculation au cours d'un rapport sexuel. Plus un homme vieillit, plus sa période réfractaire (le temps qui s'écoule entre deux érections) est longue. Cela dit, chez certains hommes, le nombre et l'intensité des érections restent stables tout au long de la vie.

SECRET D'ALCÔVE

Les femmes savent que vous vous masturbez. Il se peut qu'elles interprètent mal ce besoin, et s'interrogent sur elles-mêmes : vous manque-t-il quelque chose qu'elles ne sauraient vous apporter ? Rassurez-les : dites-leur que rien, jamais, ne pourrait les remplacer.

Comment faire durer une érection

La majorité des femmes ne tiennent pas à ce que vous restiez en érection pendant des heures – une pénétration prolongée les irrite –, mais il existe divers moyens permettant d'améliorer vos performances.

- Les anneaux péniens intensifient le plaisir de votre amante, mais également le vôtre. Veillez à placer la bague pénienne derrière le scrotum. Certains hommes l'enlèvent avant de jouir, d'autres préfèrent la garder.
- Le serrement. Pendant que vous êtes en érection, pressez votre pénis, juste sous le gland ; cela calmera vos ardeurs. Ainsi, vous la satisferez plus longuement. Ou encore, demandez à votre partenaire de le faire.
- Spray désensibilisant : je ne recommande pas ce genre de produits, dont l'un des principes actifs, la benzocaïne, est anesthésiant. Certains hommes utilisent toutefois ces vaporisateurs afin d'éjaculer plusieurs fois en quelques heures.

• Le Viagra : ce petit miracle pharmaceutique ne devrait être utilisé que sous surveillance médicale, et uniquement par les hommes qui souffrent d'impuissance plus ou moins caractérisée. On m'a rapporté le cas d'un jeune homme qui avait pris deux Viagra : il est resté en érection après avoir eu trois orgasmes. Or, une érection prolongée peut occasionner des lésions irréversibles des tissus érectiles, ce qu'on appelle le priapisme.

Techniques pour augmenter la taille du pénis

Il existe deux moyens pour ce faire. Qui présentent des risques, l'un et l'autre.

1. La chirurgie : on sectionne les ligaments suspenseurs au sommet du pénis, ce qui l'allonge quand il est au repos. Hélas, le sexe perd de sa stabilité et chancelle pendant l'érection.

2. Une injection de tissu adipeux prélevé sur une autre partie du corps du patient, afin d'élargir le diamètre de la verge. Qui a ensuite un « drôle d'aspect », entend-on dire. Pire : le tissu adipeux est souvent réabsorbé par l'organisme, mais en partie seulement. Ainsi, le pénis paraît bosselé et difforme.

Particularités des orgasmes masculins

• Certains hommes ont des orgasmes intenses alors qu'ils ne sont pas en érection.

• Certains hommes apprécient les orgasmes conjoints – l'excitation simultanée du pénis et de la prostate.

SECRET D'ALCÔVE

Ne prenez pas l'intensité de votre érection pour la mesure de votre excitation. Vous pouvez avoir une érection formidable et être loin de l'orgasme. L'érection n'est que le résultat d'un afflux (plus ou moins important) de sang dans les corps caverneux du pénis.

• Nombre d'hommes ont des orgasmes sans éjaculer. Soit ils contrôlent l'émission de leur sperme, soit ils ont joui plusieurs fois et leurs réserves sont vides.

• Les hommes aussi feignent parfois la jouissance.

Orgasmes multiples et simultanés

Ces orgasmes ne sont ni mythiques ni très courants. Cela dit, je vous encourage à tenter de nouvelles approches pour les connaître. Si on ne se met pas au défi de réussir telle ou telle chose, comment savoir si on en est capable ?

Dans les séminaires, les hommes et les femmes qui affirment connaître ce plaisir vivent la même relation depuis des années et ont une connaissance parfaite du corps et des réactions de leur partenaire. Une infirmière du Kentucky raconte : « Je suis espagnole et j'ai été élevée de façon très catholique. Je me suis mariée en ignorant tout du sexe. Pourtant, mon mari et moi jouissons souvent ensemble. Je croyais que c'était le cas pour tous les couples. En parlant avec mes amies américaines, j'ai découvert que j'étais une exception.

Mon mari et moi y parvenons parce que nous avons une grande habitude l'un de l'autre. »

Certains couples, pourtant, s'essaient à connaître ces orgasmes simultanés sans résultat. C'est souvent une question de physiologie : l'homme ne parvient pas à faire vibrer sa partenaire à l'endroit idéal. Aussi, ne vous sentez pas infériorisé si vous n'avez pas goûté à cela.

Une banquière de Boston explique : « Mon conjoint et moi ne nous préoccupons ni des diktats des médias, ni des sommets à atteindre. Nous improvisons. Si une nouvelle approche fonctionne, tant mieux. Sinon, c'est qu'elle ne nous convient pas. »

Pour parvenir à jouir de façon répétée, tonifiez le muscle coccygien en le contractant de façon rythmée. Il suffit de contracter le périnée en rythme pour obtenir ce résultat. Les femmes chez qui ce muscle est développé connaissent des orgasmes plus intenses. La femme est d'ailleurs naturellement constituée pour jouir plusieurs fois d'affilée – notamment parce qu'elle n'a pas le souci de l'éjaculation, qui vide l'homme d'une bonne part de son énergie.

La capacité d'un homme à satisfaire sa partenaire donne la mesure de son savoir-faire, l'orgasme n'étant qu'une des cordes à son arc. Cependant, le fait que vous jouissiez ne témoigne nullement de la qualité de vos rapports.

9

NUITS DE NIRVANA

Sur la même longueur d'onde

Vous l'avez relaxée, choyée, excitée. Il est temps de la prendre avec fougue – toutes les femmes désirent en arriver là. L'une de mes clientes raconte : « Parfois, j'ai un désir irrépressible de l'avoir en moi. Ah, le premier instant où il me pénètre ! Rien n'égale cette sensation. »

La plupart des femmes savent que le sexe demande un effort physique à leur partenaire, mais ne comprennent pas vraiment la nature de cet effort. La preuve : cette histoire que j'ai vécue. Un jour, je discute de sexe avec un ami. Il insiste sur le fait que cette activité est très fatigante. Je ris. « Très bien, dit-il, tu vas voir. » Il va s'étendre sur le tapis, au milieu de la pièce. « Je suis la femme, déclare-t-il, tu fais l'homme. Allonge-toi sur moi. » Éberluée, je m'allonge sur lui. « Maintenant, mets tes hanches dans la bonne position, poursuit-il. Bien. Tu peux commencer les mouvements de va-et-vient. »

Je le regarde et je m'exclame : « Je ne savais pas qu'il fallait s'appuyer sur les orteils pour donner des coups de reins ! Ça fait mal aux abdos ! »

Il acquiesce d'un hochement de tête. « Continue à bouger sans faire reposer tout ton poids sur moi. »

A ce stade, j'ai mal aux bras. « Et maintenant, reprend-il, agite-toi sur moi, conserve ton érection, ne m'écrase pas, regarde-moi dans les yeux et dis-moi que tu m'aimes ! »

Je me suis écroulée sur lui en éclatant de rire. Le message était passé...

En dépit de tous ces efforts, la beauté de l'acte sexuel réside dans la friction fabuleuse créée par le mouvement conjoint de deux corps. Cela dit, ces va-et-vient sont tout un art. Voici quelques suggestions recueillies auprès des participantes de mes séminaires.

1. Commencez lentement, très lentement, puis accélérez.

2. Alternez les petits coups rapides avec des va-et-vient profonds.

3. Décrivez des cercles avec votre bassin. L'entrée du vagin est sensible en divers points : votre mouvement les stimulera.

4. Si la chose dure un peu, et sans intermèdes érotiques, votre partenaire risque de ne plus être assez lubrifiée, surtout lors d'un rapport avec préservatif. Faites en sorte que l'excitation reste à son comble.

> **SECRET D'ALCÔVE**
>
> *Dans les salles de gymnastique, les machines qui font travailler les abdominaux sont très prisées : plus vos abdos sont développés, moins vous risquez de vous écrouler, épuisé, au milieu d'un rapport sexuel.*

Sinon, utilisez un lubrifiant et demandez-lui, au bout d'un moment, si ça va.

5. Ne ressortez pas, de grâce !

6. Demandez-lui de vous chevaucher et de mener la danse. Ainsi, vous apprécierez ses goûts et pourrez la satisfaire d'autant mieux quand vous reprendrez la situation en main.

7. Tout en donnant des coups de reins, ne vous éloignez pas de la région clitoridienne. Essayez d'effectuer de petits mouvements circulaires.

La taille du pénis est-elle déterminante ?

Je ne vais pas vous mentir : certaines femmes aiment les gros, voire les très gros sexes. D'autres femmes préfèrent un pénis plus petit, parce qu'elles ont un vagin court. L'avantage d'avoir un petit sexe : vous pourrez effectuer des va-et-vient profonds sans cogner le col de l'utérus de votre partenaire.

Positions

Ne vous laissez pas décourager par ces livres qui exposent mille et une positions peu réalistes et plus surprenantes les unes que les autres. Les meilleures positions sont celles que votre partenaire et vous-même appréciez.

Les couples utilisent généralement deux à trois positions durant un rapport sexuel. Et si vous préférez le bon vieux classique, vous dessus, elle dessous, ne vous privez pas. Une position confortable qui donne de bons résultats reste le seul modèle.

On compte six grands classiques, avec des variantes : l'homme dessus, la femme dessus, sur le côté, par-derrière, debout, et assis/à genoux.

L'homme dessus, ou le « missionnaire »

C'est l'une des plus connues et l'une de celles que les hommes et les femmes préfèrent. Les corps sont en contact étroit, on peut se regarder dans les yeux. Cette extrême proximité vous permet de mieux sentir les réactions de votre partenaire.

Nous devons le nom de « missionnaire » aux peuples des mers du Sud : ils ont ainsi baptisé cette position après avoir vu des missionnaires la pratiquer. Ces peuples préféraient que la femme soit couchée ou assise sur l'homme.

L'homme apprécie le missionnaire : il maîtrise l'amplitude de la pénétration, la rapidité des coups de reins. La femme adore cette position, jugée plus romantique, parce que son amant la couvre entièrement. On

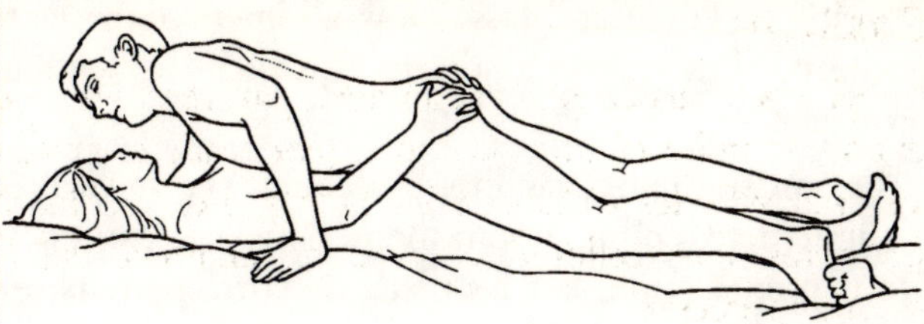

Position A

Position B

Position C

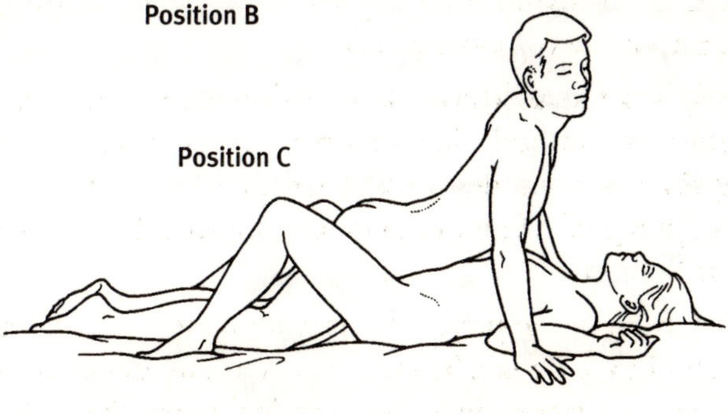

L'homme dessus, ou le « missionnaire »

s'étreint et l'on s'embrasse plus aisément dans cette position. Les femmes disent qu'elles se sentent protégées.

Le missionnaire facilite également la technique d'alignement coïtal, notamment dans la position A (vous prenez appui sur les pieds de votre partenaire). Vos hanches, vos pubis et vos sexes sont en contact constant : ainsi, vous continuez à exciter son clitoris tout en la pénétrant. Par ailleurs, cette position est idéale pour les femmes qui aiment et/ou ont besoin de tendre leurs muscles pour jouir.

Dans la position B, la femme place un oreiller sous ses hanches. Cela modifie l'orientation de son vagin et vous permet de la pénétrer plus profondément. De plus, l'oreiller amortit les coups de reins vigoureux. L'homme « sort » moins souvent quand on utilise un oreiller. La femme qui tient les hanches de l'homme entre ses jambes a le loisir de contrôler le mouvement et de s'ouvrir davantage à la pénétration.

Dans la position C, l'homme redresse la tête et creuse les reins, ce qui lui permet de stimuler davantage la paroi antérieure du vagin et le point G, pour celles qui apprécient. Cette position est à déconseiller aux hommes qui ont le dos fragile. En revanche, celui qui a des abdominaux pourra les montrer.

SECRET D'ALCÔVE

J'ai dit un jour à un ami qu'il existait six positions de base dans l'amour. Il m'a répondu : « Non, il n'y en a qu'une : dedans ! »

SECRET D'ALCÔVE

Tout exercice, dont le sexe, peut tuer dans l'œuf un début de migraine.

La femme sur l'homme

Nombre de femmes préfèrent cette position, qui leur permet de contrôler le rythme de la pénétration – dans la mesure où l'homme ne bouge pas. Dans la position A, la femme prend appui sur les pieds de son partenaire : elle peut ainsi s'agiter sur lui, frotter son clitoris et sa vulve contre son pénis. Si elle referme les jambes, cela ajoute à la pression.

Dans les positions B et C, elle vous chevauche en s'appuyant sur ses genoux. Elle vous fait face ou vous tourne le dos – dans ce cas-ci, elle peut également s'allonger sur vous.

Ces positions requièrent plus d'effort de la part de la femme. L'homme les apprécie car il a une bonne vision du corps de sa partenaire : il regardera ses seins tressauter à chaque coup de reins, ses cheveux balayer son visage ou sa poitrine, ou encore son derrière monter et descendre sur lui. Si votre partenaire se sent trop exposée, rassurez-la en lui disant que vous la trouvez belle, ou proposez-lui de mettre un soutien-gorge sexy pour s'empaler sur vous.

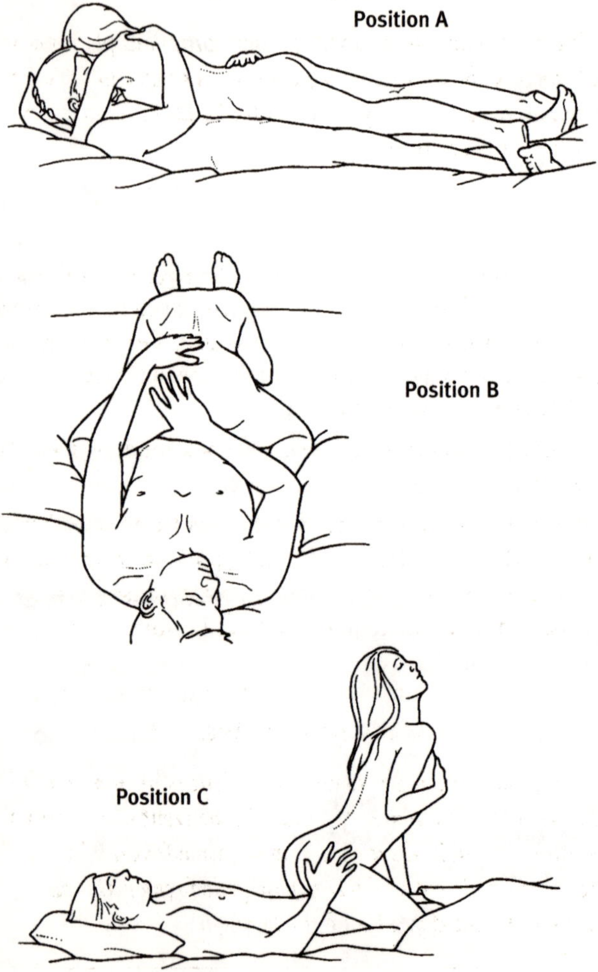

La femme sur l'homme

SECRET D'ALCÔVE

Ne dites jamais à une femme que son corps vous plaît avant d'avoir couché avec elle, elle penserait que vous lui faites ce compliment pour l'attirer dans votre lit. Dites-le-lui après coup : elle vous croira.

Bon à savoir

- Si vous rêvez de jouir en même temps que votre partenaire, stimulez son clitoris jusqu'à l'extrême limite, puis placez-la sur vous. Donnez-lui de vigoureux coups de reins : il y a toutes les chances pour qu'elle ait un orgasme.
- Elle stimulera son point G, vous jouerez avec son derrière.

Les très jeunes hommes, dont l'érection est verticale, auront de la difficulté à pratiquer la position B. L'homme plus âgé peut caresser l'anus de sa partenaire pendant qu'elle est penchée sur ses jambes.

SECRET D'ALCÔVE

Il est impératif que les hommes éjaculent pour la pérennité de l'espèce. Les femmes, en revanche, peuvent concevoir un enfant sans jouir. Cependant, un orgasme favorise la conception : le col de l'utérus plonge de façon rythmée dans le sperme déposé au fond du vagin.

Sur le côté

L'homme et la femme sont sur le flanc, leurs jambes entremêlées comme des branches de ciseaux. Généralement, les hommes jouissent moins vite sur le côté que dans une autre position. De plus, la pénétration n'étant pas très profonde, le gland ne risque pas de heurter le col de l'utérus. Enfin, on s'embrasse et on s'étreint aisément dans cette position.

Dans la position A, votre partenaire est sur le dos, et vous sur le côté, vos jambes entremêlées. Profitez-en pour jouer avec ses seins et son clitoris.

Position B – sur le côté, face à face. Votre partenaire vous enserre entre ses jambes et peut vous attirer contre elle pendant l'amour.

Position C – sur le côté, l'homme derrière la femme. Cette position permet de s'endormir dans les bras l'un de l'autre après l'amour.

Bon à savoir

• Lorsque vous êtes derrière elle, stimulez son clitoris.

Par-derrière

Cette position est l'une des plus érotiques – pour les deux sexes. La pénétration est plus profonde, l'homme contrôle aisément le rythme de ses va-et-vient, qui peuvent devenir très rapides.

Les femmes qui ont procréé ont le vagin plus élastique : le pénis atteint facilement le point G dans cette position. La pénétration par derrière peut s'effectuer quand la femme est allongée sur le ventre

Position A

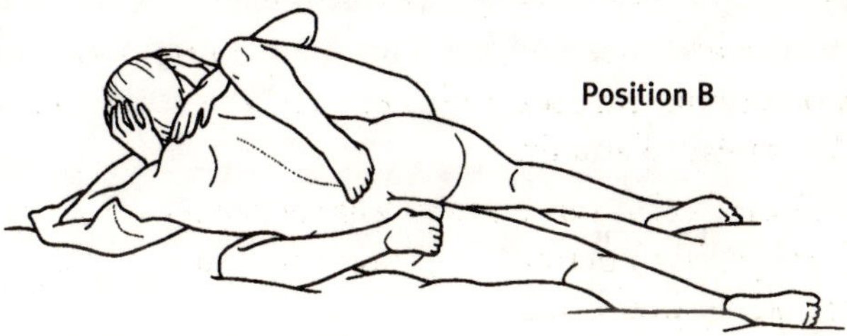

Position B

Position C

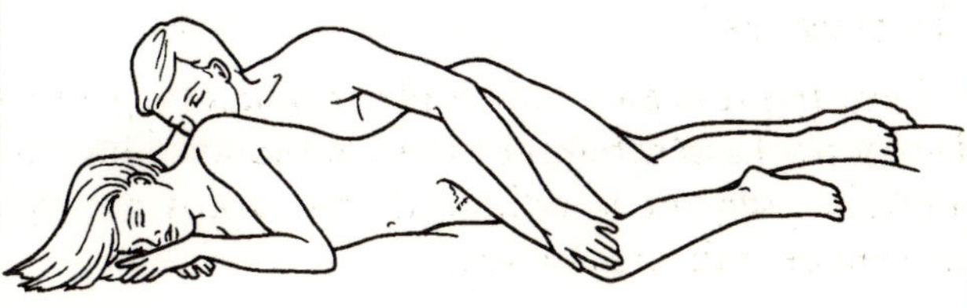

Sur le côté

(position C) ; le vagin est ainsi plus serré. Variantes : la femme à quatre pattes ; couchée sur le côté ; dos à son amant.

Les hommes considèrent cette position comme la plus excitante : en pénétrant leur partenaire, ils sentent à la fois ses fesses et son sexe.

Dans la position A, l'homme peut embrasser le dos de sa partenaire. Un oreiller sous la poitrine de celle-ci rendra la chose plus confortable.

Dans la position B, la femme se détend et s'abandonne aisément à ses sensations. Si elle pose les pieds sur le sol, cela donne une plus grande amplitude à la pénétration.

Bon à savoir

- La pénétration par-derrière est très érotique… Attention ! L'homme a tendance à jouir trop vite.
- Cette position est douloureuse quand la femme a une matrice penchée : son partenaire frappera le col de son utérus, d'autant plus s'il a un gros sexe.
- Caressez-la pendant que vous la prenez.

Debout

Pour des raisons d'équilibre, mieux vaut que la femme se tienne dos à un mur, l'homme devant elle. La douche et la piscine ne sont pas des lieux aussi formidables qu'il y paraît : la lubrification naturelle se dissout dans l'eau. Ce qui rend les va-et-vient difficiles.

L'idéal : la femme allongée sur le dos (voir plus bas). Dans cette position, l'homme utilise ses muscles les plus puissants, ceux des cuisses et les fessiers, pour un

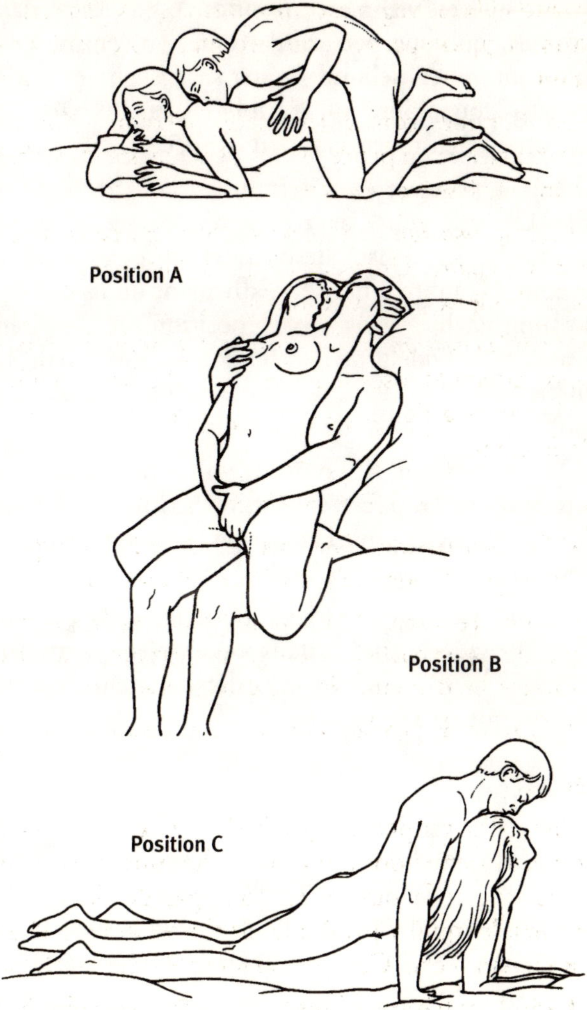

Par-derrière

résultat intéressant. Cette position est parfaite dans l'urgence, quoique peu romantique. La femme peut également rester debout – sans se déshabiller entièrement –, possibilité appréciable en cas de hâte. De plus, cette étreinte requiert peu d'espace.

Dans la position A, la femme est couchée sur une table. Dès que vous l'avez pénétrée, placez ses talons sur vos épaules. Ainsi, elle pressera ses lèvres ouvertes sur vous. Nombre d'hommes affirment qu'ils ont une vue imprenable dans cette position et profitent davantage de l'odeur de leur femme – comme dans les pénétrations par derrière. Votre pénis stimule son point G, elle a le loisir de se masturber.

Dans la position B, l'homme voit tout le sexe de sa partenaire et la pénètre profondément. La femme fléchira les cuisses pour l'attirer ou le retenir à son gré. Elle peut aussi replier ses jambes écartées.

La position C est parfaite pour les gens pressés ! « Elle a de grands miroirs dans son entrée, raconte l'un de mes clients. J'adore regarder ses seins osciller pendant que je la prends. »

Bon à savoir

- Si vous faites cela debout, assurez-vous d'avoir un mur derrière ; il est arrivé à des messieurs de faire une chute à un moment inopportun.
- Si la dame referme ses jambes autour de vous, veillez à ce qu'elle ait retiré ses talons. Les escarpins peuvent blesser les mollets.

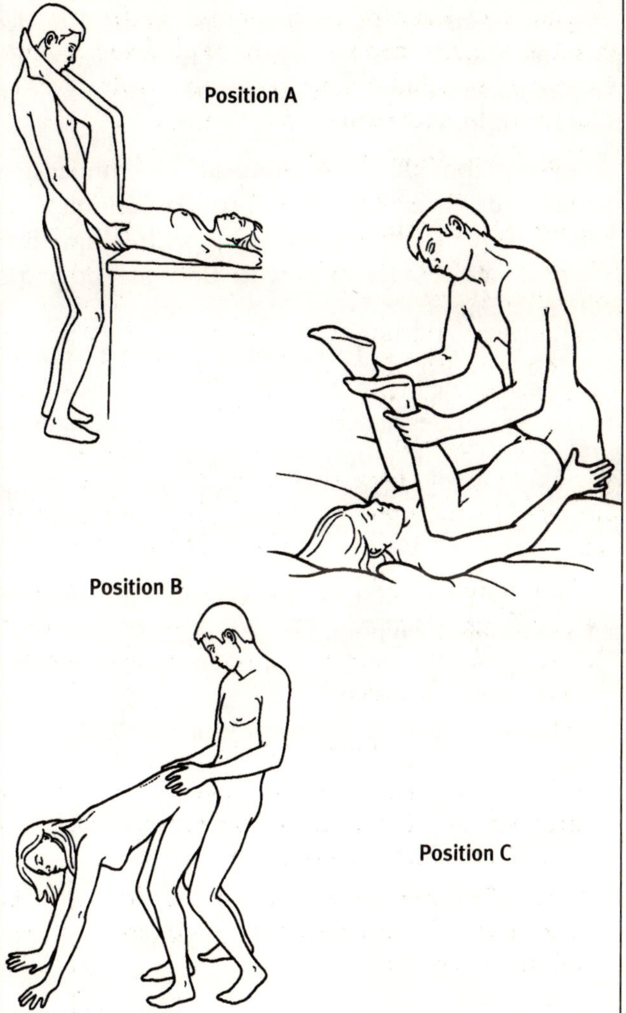

Debout

Assis/à genoux

Les positions « assis/à genoux » sont des variantes des positions « sur le côté » et « face à face ». Nombre de couples aiment s'asseoir ou se mettre à genoux : cela brise la routine.

Les positions A et B donnent une dimension nouvelle aux chaises du salon. Dans la position A, la dame se tient à la chaise pour ne pas perdre l'équilibre. Elle peut ainsi remuer les hanches alors que son partenaire reste immobile.

Dans la position C, les jambes de la femme reposent sur les cuisses de l'homme agenouillé. Vous avez placé un oreiller sous ses hanches – l'inclinaison du vagin est idéale pour la pénétration. Agrippez ses hanches : vous la garderez contre vous. Vos coups de reins feront s'agiter ses seins, une vision souvent appréciée des hommes. Variante : placez le dessous de ses genoux dans le creux de vos coudes : cela stimulera intensément et votre gland et son point G.

Bon à savoir

- Assise, elle peut vous tourner le dos, ou se placer en travers de vos genoux.
- Cette position suit agréablement celle dans laquelle elle vous chevauche.

Dernières recommandations

1. Si vous éprouvez une sensation de brûlure durant un rapport sexuel, la lubrification est insuffisante, votre partenaire est allergique à votre sperme, ou bien elle a – vous avez – contracté une MST.

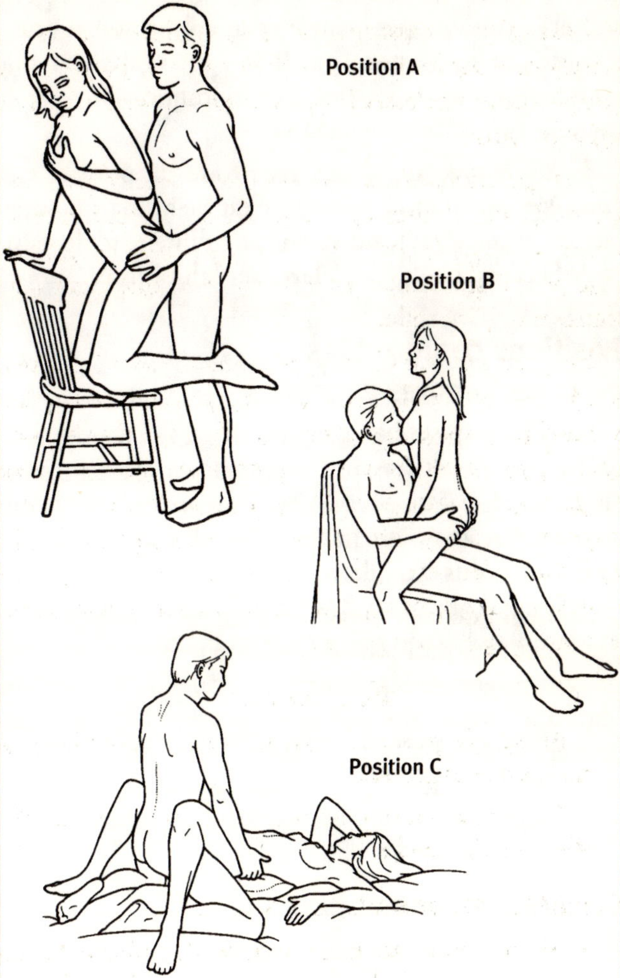

Assis/à genoux

2. Si votre partenaire souffre pendant les rapports sexuels, vous frappez peut-être le col de son utérus : essayez une autre position. Il se peut également que vous irritiez une cicatrice d'épisiotomie. Ou que la douleur provienne d'une MST.

3. Vous avez un grand répertoire de positions et vous êtes un homme sportif : c'est bien, mais la satisfaction sexuelle dépend surtout de l'intensité du désir et de la capacité qu'on a à lever ses inhibitions.

Positions confortables pour les femmes enceintes

Certaines femmes adorent le sexe pendant la grossesse, d'autres non. Demandez-lui si elle en a envie. « Je jouissais si facilement quand j'étais enceinte ! se souvient une de mes clientes. Dix mois après, c'est plus difficile. »

Au début de la grossesse, les couples peuvent encore pratiquer la position du missionnaire. Les mois passant, divers choix s'offrent à vous : la femme sur l'homme ; assis ; sur le côté ; à genoux. L'amour par-derrière, allongés sur le flanc, reste la meilleure solution : le ventre de la femme repose sur le lit. De plus, une pénétration profonde est impossible.

SECRET D'ALCÔVE

Un médecin a déclaré : « Il devrait y avoir trois sexes : les femmes, les femmes enceintes et les hommes. »

Pénétration anale

Certaines femmes adorent cela, d'autres moins, d'autres pas du tout. La plupart des femmes ont essayé la sodomie au moins une fois – généralement parce que leur partenaire l'a suggéré. Les femmes qui aiment qu'on les pénètre ainsi affirment que la sensation est intense.

Des mythes perdurent à propos de la pénétration anale, d'où une image souvent négative liée à cette pratique. Selon Tristan Taormino (auteur du *Guide ultime de la pénétration anale pour les femmes*), il existe dix grandes idées reçues sur le sujet :

1. C'est contre nature et immoral.

2. Seuls les prostituées, les pervers et les malades aiment la sodomie.

3. L'anus n'est pas fait pour être pénétré.

4. La sodomie, c'est dégoûtant.

5. Seuls les homosexuels pratiquent la sodomie.

6. Les hétéros qui aiment cela sont des homos refoulés.

7. La sodomie, c'est douloureux.

8. Les femmes n'aiment pas cela : elles l'acceptent pour faire plaisir à leur partenaire.

9. Pratiquer la sodomie est la meilleure façon d'attraper le sida.

10. La sodomie, c'est mal.

Le puritanisme est à l'origine de ces idées reçues. Un principe qui voudrait que l'on n'ait des rapports sexuels que pour procréer, et non pour y prendre plaisir… À vous de juger !

Bon à savoir

• La meilleure position pour une pénétration anale : à genoux, les épaules sur un oreiller. Massez d'abord son anus avec votre pouce.

• Une autre position appréciable : la femme sur le dos, genoux repliés, jambes remontées sur le ventre. Elle peut passer ses bras sous ses cuisses pour vous faciliter l'entrée de son anus.

• Ne visitez pas son vagin après une sodomie sans vous être lavé avec du savon – et avoir changé de préservatif si vous en portiez un : vous risqueriez d'attraper une mycose ou une infection l'un et l'autre.

• Lorsque vous retirez votre doigt/godemiché/pénis, faites-le très très très lentement.

En guise de conclusion

J'ai écouté des hommes et des femmes parler de leur sexualité pendant des années. J'en ai tiré cette conclusion : seul un amant inventif et audacieux peut satisfaire une femme. Outre sa science érotique, cet homme a de l'assurance, il est attentif aux désirs de sa partenaire. Mieux : il est amoureux d'elle.

Par ailleurs, les couples qui connaissent une réelle satisfaction sexuelle sont composés d'hommes et de femmes à l'esprit ouvert et qui respectent leur conjoint.

Dans ces conditions, il n'y a pas de limites à la passion…

Table des matières

1. LE KAMA-LOUTRA

2. PLAISIR SANS RISQUES : VOUS PROTÉGER ET PROTÉGER VOTRE PARTENAIRE

3. COMMENT LUI DONNER ENVIE

4. STIMULER SES ZONES ÉROGÈNES

5. Jeux de mains, jeux divins

6. Question de langue : une extase

7. Collectionner les accessoires érotiques

8. Comment la faire jouir

9. Nuits de nirvana

IMPRIMÉ EN ESPAGNE PAR LIBERDÚPLEX

pour le compte des
Nouvelles Éditions Marabout
D.L. nº 88589 - mai 2007
ISBN : 978-2-501-05274-0
40.8856.3/02